LA PRESS 語研學院
Language Academy Press

U0079267

げん　ば
現場の
に　ほん　ご　ひょう　げん
日本語表現

全MP3一次下載

AllTrack.zip

「※iOS系統請升級至iOS13後再行下載」

前言

即使是很認真努力學習日語的人，在真的遇到日本人的時候，也會猶豫一下「對這個人這樣説話真的行嗎？」。我學外語的時候也有過類似的經驗，所以非常能夠理解大家學習日語時的難處。因此，我們列出了日語學習者最容易混淆的對象與狀況，以教大家到底該怎麼説才能説的像日語母語者一樣，這也就是本書的撰寫方針。

日本人並非單純以年齡來區分敬語和非敬語，也會以自己跟對方的心理差距來決定自己的用詞。因此，本書將話者與對方的關係分成三大類：第一類是需要説敬語的嚴肅關係。第二類是對方跟自己年齡一樣，但稍微有一點心理距離，仍需要説敬語的關係。最後的第三類則是跟自己年齡一樣或比自己年輕，關係較親密，相處可以不拘禮節的對象。此外，日語與中文表達方式很不相同，對台灣人來説很難使用的日語表達方式，以及需要注意的表達方式都會在BONUS與TIP中進行整理和區分。期待大家可以透過這本書，學習到如何根據不同的情況和對象流暢地使用各式各樣的表達方式，來達到無論在什麼狀況遇到任何對象，都能自然地使用日語進行對話的境界。

如同日語裡有一句話「為(な)せば成(な)る（有志者事竟成）」，我認為沒有事情是經過努力還不能達成的。正在學日語的各位。希望大家可以不要放棄，在達成自己想要的結果之前，都能開心地學習，直到能夠説出「真正的日語」。最後，我想在這裡對協助我編寫這本書的siwonschool工作人員們傳達衷心的感謝。

大鶴綾香

目錄

Chapter 02 對答與回應的表達方式

Chapter 03 表示請求與允許的表達方式

Chapter 05 表示歉意與原諒的表達方式

Chapter 06 表示感謝與關心的表達方式

Chapter 07 表示承諾與拒絕的表達方式

Chapter 08 意見、想法與建議的表達方式

Chapter 10 表示稱讚與自謙的表達方式

本書特色

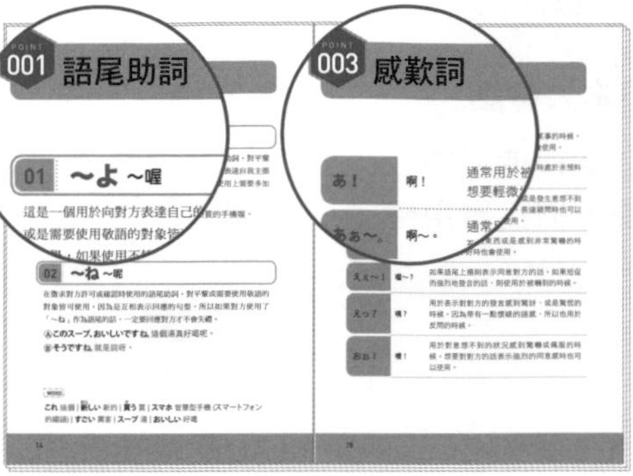

STEP 01 日語母語人士的會話祕訣

先從日本人經常使用的語尾助詞、縮略語、感嘆詞開始，學習如何像日語母語人士一樣自然地構句。並透過有趣的新造語來開始歡樂的日語學習。

STEP 02 開始學習

在這裡整理了這個章節即應該會學到的主題與內容，使讀者能一目瞭然。一旦先了解在這課應該會學到什麼樣的內容，即可設立學習目標。

STEP 03 學習母語者的說法

在這裡會詳細地標示出本課的學習句型，分類根據各種不同的對話場合與說話對象該使用的句型。透過插圖也能更加了解，使用該句型時應搭配什麼樣的動作更為合適。

STEP 04 透過例句學習＆與日本人會話

藉由例句了解本課學到的句型該如何使用在對話當中。並且透過與日本人的實際對話應用確實地了解學習的內容。

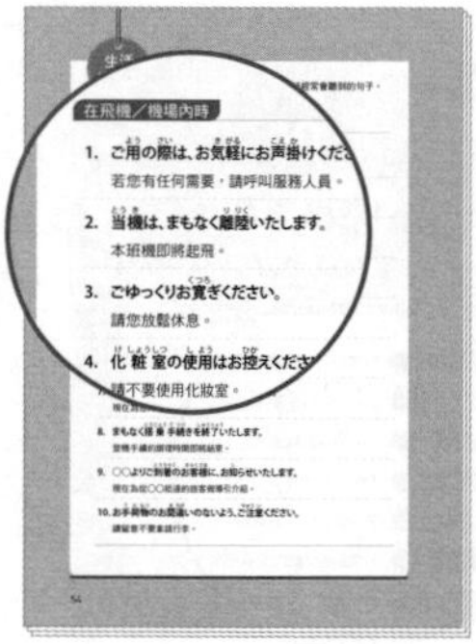

STEP 05 生活日本語

這裡列舉出10個在日本的日常生活當中經常可以聽到的句子，感受實際去到日本時的臨場感，使讀者更能熟悉當地人的日語講法。

特別附錄 MP3免費下載

為了讓讀者能夠邊聽邊唸出每一課學到的文法與例句，我們免費提供由日語母語人士錄音的MP3檔案，可以使用智慧型手機掃描QRcode下載。

Warming Up

日語母語者的日常會話祕訣

與其用生硬的句子學習日語，讓我們從日常生活的實際對話起步，更能快速地掌握訣竅竅唷。在日常對話中最重要的四個關鍵，莫過於語尾助詞、縮略語、感嘆詞和新造語了。讓我們現在就來看看究竟要如何運用這四個關鍵，才能夠像真正的日本人一樣說出一口自然流利的日語吧。

POINT 1. 語尾助詞

~よ | ~ね | ~よね | ~な | ~(な)の | ~のか | ~だろ | ~かい | ~じゃん | ~さ | ~ぜ | ~ぞ | ~(だ)わ | ~かしら | ~かな | ~っけ

POINT 2. 縮略語

ん | ~ん | ~ちゃ(じゃ) | ~ちゃう(じゃう) | ~てる | ~ては(てちゃ) | ~ていい | ~とく | ~っす | ~って | ~なきゃ | ~とこ

POINT 3. 感嘆詞

あ！ | あぁ~。 | あら! | うぇっ! | えぇ~! | えっ? | おぉ! | ねぇ。 | はぁ。 | ふぅ~。 | ふーん。 | へぇ~。 | もう！ | わぁ~！

POINT 4. 新造語

アカ | 友達(ともだち)リクエスト | 自撮(じど)り | トップ画(が) | インスタ映(ば)え | 既読(きどく)·既読無視(きどくむし)(スルー) | 未読(みどく)·未読無視(みどくむし) (スルー) | グルチャ | 個(こ)チャ | ガラケー | ゆるキャラ | かまちょ | ワンチャン | おけまる | りょ | つらたん | ディスる | 豆腐(とうふ)メンタル | 草不可避(くさふかひ)

POINT
001 語尾助詞

01 ～よ ～喔

這是一個用於向對方表達自己的意見或是資訊時的語尾助詞。對平輩或是需要使用敬語的對象皆可使用。但因為這個語尾有表達自我主張的感覺，如果使用不慎可能會引發對方的不愉快，在使用上需要多加留意。

Ⓐ **これ、新(あたら)しく買(か)ったスマホだよ。**這個，是我新買的手機喔。

Ⓑ **えー！すごい。**喔～，酷耶。

02 ～ね ～呢

在徵求對方許可或確認時使用的語尾助詞。對平輩或需要使用敬語的對象皆可使用。因為是互相表示回應的句型，所以如果對方使用了「～ね」作為語尾的話，一定要回應對方才不會失禮。

Ⓐ **このスープ、おいしいですね。**這個湯真好喝呢。

Ⓑ **そうですね。**就是說呀。

WORD

これ 這個 | **新(あたら)しい** 新的 | **買(か)う** 買 | **スマホ** 智慧型手機 (スマートフォン的縮語) | **すごい** 厲害 | **スープ** 湯 | **おいしい** 好喝

03 ～よね ～對吧

在徵求對方同意時使用的語尾助詞，對平輩或是需要使用敬語的對象皆可使用。句尾將語調上揚的話，有帶著確信並向對方徵求同意或確認的意思。而若是在句尾時語調下降，則會給人話者覺得這是理所當然的事的感覺。

Ⓐ **宿題(しゅくだい)、11ページまでだよね(↗)。**作業是到11頁對吧？

Ⓑ **えー！宿題(しゅくだい)あった(↗)。**咦～！有作業嗎？

04 ～な ～耶

在自言自語時會使用的語尾助詞，因為是自言自語所以基本不會使用敬語。如果聽到對方使用了「～な」作為語尾的話，只要理解成對方是在自言自語般的述說自己的感覺就可以了。如果要表示自己的願望，則會在語尾加上「なぁ…」。

Ⓐ **結構(けっこう)難(むずか)しいな。**滿難的耶。

WORD

宿題(しゅくだい) 作業｜**ページ** 頁｜**～まで** 到～為止｜**結構(けっこう)** 相當地｜**難(むずか)しい** 困難

05 ～(な)の ～啊？

在詢問對方時使用的語尾助詞。會在跟平輩聊天時使用，並會將語尾上揚。如果與名詞或是形容詞一起使用的話，在「の」的前面會加上「な」。雖然是男女都可以用的句型，但相較之下女性更常用。

Ⓐ **今日(きょう)、休(やす)みなの(↗)。**今天休息啊？

Ⓑ **ううん、出勤(しゅっきん)するよ。**不，會上班。

06 ～のか ～嗎？

同樣也是在詢問對方時使用的語尾助詞。與「～（な）の」相同的意思，僅對平輩或後輩使用，但是這個語尾相較之下更男性化，語氣也較強烈。

Ⓐ **一緒(いっしょ)に行(い)かないのか。**你不一起去嗎？

Ⓑ **うん、行(い)かないよ。**嗯，不去。

WORD

休(やす)み 休假 | **出勤(しゅっきん)する** 上班 | **一緒(いっしょ)に** 一起、一同 | **行(い)く** 去

07 ～だろ ～對吧？

詢求對方確認或詢問時使用的語尾助詞。僅對平輩或後輩使用，並且於句尾時語調會上揚。主要是男性所使用的句型。若要表達接近的語氣，女性較常使用的為「でしょ」。

Ⓐ **また間違(まちが)っただろ(↗)。**又搞錯了對吧？

Ⓑ **うん、ごめん。**嗯，抱歉。

08 ～かい ～嗎？

對於對方有疑問、或想要確認某事時使用的語尾助詞。僅對平輩或後輩使用，並且於句尾時語調會上揚。聽起來會給人強烈的催促感，較常由男性使用。

Ⓐ **早(はや)く返事(へんじ)をしてくれないかい(↗)。**就不能快點回答嗎？

Ⓑ **あ、すみません。**啊，對不起。

WORD

また 又 | **間違(まちが)う** 搞錯 | **ごめん** 抱歉 | **早(はや)い** 早一點、快一點 | **返事(へんじ)** 回答、回應 | **すみません** 對不起

09 ～じゃん 不是～嗎

向對方表達自身意見或主張時使用的語尾助詞。僅對平輩或後輩使用，與「じゃない」有相同的意思，但是在日常對話當中，年輕人通常會使用「じゃん」。

Ⓐ **これ、面白(おもしろ)いじゃん!** 這個不是很有趣嗎。

Ⓑ **うん、そうだね。**嗯，是那樣呢。

10 ～さ ～啦

表達自身判斷或主張時使用的語尾助詞，僅對平輩或後輩使用。與「よ」相同，聽起來語氣較強烈。須留意本句型有時也用於表達自暴自棄。

Ⓐ **もう、心配(しんぱい)することはないさ。**不需要再擔心了啦。

Ⓑ **うん、うまくいくよね。**嗯，應該會很順利吧。

WORD

面白(おもしろ)い 有趣 | **もう** 現在 | **心配(しんぱい)する** 擔心 | **～ことはない** 不需要～ | **うまくいく** 順利的進行

11 ～ぜ ～吧

向對方表達自身意見或想強調意志強烈時使用的語尾助詞。僅對平輩或後輩使用。是比較男性化的用詞，不適合女性使用。

Ⓐ **また会（あ）おうぜ。**之後再見面吧。
Ⓑ **うん、元気（げんき）でね。**嗯，一切順利。

12 ～ぞ ～吧

想要強調意志強烈時使用的語尾助詞。也有表示自己下定決心的意思，通常對平輩或後輩使用，是稍偏男性化的用詞。

Ⓐ **よし、行（い）くぞ！** 很好，走吧。

WORD

会（あ）う 見面 | **元気（げんき）だ** 健康 | **よし** 很好

13 ～(だ)わ ～呢

表達自身感受到的感情時使用的語尾助詞。如果與名詞或是「な」形容詞一起使用的話，在「わ」的前面會加上「だ」。僅對平輩或後輩使用，是較女性化的用詞。

Ⓐ **とても素敵(すてき)だわ。**非常好呢。

Ⓑ **うん、確(たし)かに。**嗯，確實。

14 ～かしら ～嗎?

想要表達疑問或是懇切願望時使用的語尾助詞。因為是接近自言自語的用法，通常不會用敬語。是較女性化的用詞。

Ⓐ **彼(かれ)が戻(もど)ってくるかしら。**他會回來嗎？

WORD

とても 非常 | **素敵(すてき)だ** 良好的 | **確(たし)かに** 確實 | **彼(かれ)** 他、那個男人 | **戻(もど)ってくる** 回來

15 ～かな 嗎…？

表達自身不安的心情或確認意志時使用的語尾助詞。因為是接近自言自語的用法，通常不會用敬語。

Ⓐ **うまくできるかな…。**能做的好嗎…？

16 ～っけ ～來著嗎？

對某事記憶模糊，想向對方再次確認時使用的語尾助詞。原則上不論對象皆可使用，但是是屬於較輕鬆的語氣，不適合嚴肅的關係或場面。

Ⓐ **今日(きょう)、月曜日(げつようび)だっけ。**今天是禮拜一來著嗎？
Ⓑ **そうだよ。**沒錯。

WORD

うまく 好好地 | **できる** 做得到 | **月曜日(げつようび)** 禮拜一

POINT 002
縮略語

01 の → ん

與較親密對象對話時，有時會將「の」唸得比較簡化，聽起來像「ん」。

Ⓐ **もう会(あ)わないの(↗)。**不再見面了嗎？

Ⓑ **うん、もういいんだ。**嗯，算了吧。

02 ～る → ～ん

與較親密對象對話時，有時也會將「る」唸得比較簡化，聽起來像「ん」。

Ⓐ **またゲームすんの(↗)。**又要玩遊戲？

Ⓑ **ちょっとだけだよ。**玩一下而已啦。

WORD

もう 再 | **会(あ)う** 見面 | **いい** 好了、算了 | **また** 又 | **ゲームする** 玩遊戲 | **ちょっとだけ** 一下子

03 ～ては(では) → ～ちゃ(じゃ)

有著「～的話」與「然後」意思的「～ては（では）」，與較親密對象對話時，有時會簡化成「～ちゃ（じゃ）」。

Ⓐ **壊(こわ)しちゃダメでしょ。**弄壞的話可不行吧。

Ⓑ **すみません。気(き)を付(つ)けます。**對不起，我會小心的。

04 ～てしまう(でしまう) → ～ちゃう(じゃう)

有著「～掉、了」意思的「てしまう（でしまう）」與較親密對象對話時，有時會簡化成「ちゃう（じゃう）」。

Ⓐ **いつの間(ま)にか好(す)きになっちゃった。**不知不覺就喜歡上了。

Ⓑ **恋(こい)って、そんなもんだよね。**所謂的戀愛就是那樣吧。

WORD

壊(こわ)す 弄壞 | **ダメだ** 不行 | **すみません** 對不起 | **気(き)を付(つ)ける** 小心 |
いつの間(ま)にか 不知不覺間 | **好(す)きだ** 喜歡 | **～になる** 變得～ | **恋(こい)** 戀愛 |
～って 所謂的

05 ～ている → ～てる

有著「正在～」意思的「ている」與較親密對象對話時，可以省略「い」來簡化成「～てる」。

Ⓐ **何してるの(↗)。**你正在幹嘛？

Ⓑ **動画見てるの。**正在看影片。

06 ～ていては → ～てては(てちゃ)

有著「正在～的話」意思的「～ていては」與較親密對象對話時，可以省略「い」，後面的「～ては」部分還可以再簡化成「～ちゃ」。

Ⓐ **泣いてちゃ分からないよ。**你一直哭我也搞不懂為什麼啊。

Ⓑ **だって…。**可是…

WORD

何 什麼 | **する** 做 | **動画** 影片 | **見る** 看 | **泣く** 哭 |
分からない 不知道、搞不懂 | **だって** 但是、因為～

07 ～てもいい → ～ていい

有著「做～也可以」意思的「～てもいい」與較親密對象對話時，可以省略「も」，簡化成「～ていい」。

Ⓐ **先(さき)に帰(かえ)っていい(↗)。**可以先回去嗎？

Ⓑ **うん、いいよ。**嗯，可以。

08 ～ておく → ～とく

有著「預先做好～、事先做了～」意思的「～ておく」與較親密對象對話時，可以簡化成「～とく」。

Ⓐ **明日(あした)のパーティーの準備(じゅんび)しとくね。**我去先準備好明天的派對。

Ⓑ **あ!ありがとう。**啊。謝謝。

WORD

先(さき)に 先 | **帰(かえ)る** 回去 | **明日(あした)** 明天 | **パーティー** 派對 | **準備(じゅんび)する** 準備 | **ありがとう** 謝謝

09 ～です → ～っす

有著「是」意思的「～です」，在與關係較親密的對象對話時可以簡化成「～っす」。通常是年輕男性對年齡相距不大的長輩使用，但女性也可以使用。如果想要表示認同的語感，可以加上語尾「ね」。

Ⓐ **ここから近(ちか)いっすね。**離這裡很近呢。

Ⓑ **そうっすね。**就是呀。

10 ～と, ～は → ～って

有著「叫做～」意思的「～と」或意思相同的助詞「～は」，與較親密對象對話時，可以簡化成「～って」。

Ⓐ **新(あたら)しいケータイって、どれ(↗)。**新手機是哪一個呀？

Ⓑ **これだよ。**這一個。

WORD

ここから 從這裡 | **近(ちか)い** 近 | **新(あたら)しい** 新 | **ケータイ** 手機 | **どれ** 哪一個 | **これ** 這個

11 ～なければ → ～なきゃ

有著「應該要～」意思的「～なければ」，與較親密對象對話時，可以簡化成「なきゃ」。

Ⓐ **もっと頑張(がんば)らなきゃ。**要更加油才行。

Ⓑ **ファイト!** 加油！

12 ～ところ → ～とこ

有著「進行～中」意思的「ところ」，與較親密對象對話時，可以簡化成「とこ」。

Ⓐ **ねぇ、出発(しゅっぱつ)した(↗)。**欸，出發了嗎？

Ⓑ **今(いま)、出掛(でか)けるとこだよ。**現在正在出門啊。

WORD

もっと 更 | **頑張(がんば)る** 加油 | **ファイト** 加油 | **出発(しゅっぱつ)する** 出發 | **今(いま)** 現在 | **出掛(でか)ける** 出去、外出

POINT 003

感歎詞

あ！	啊！	通常用於被嚇到、或是突然想起某事的時候。想要輕微地表示肯定的語氣時也會使用。
あぁ～。	啊～。	通常用於表示同意對方的話，有時處於未預料到的情況時也會使用。
あら！	哎呀！	通常用於突然發現什麼事情或是發生意想不到的狀況而感到驚嚇的時候。表達疑問時也可以使用，通常只有女性會使用。
うぇっ！	噁！	用於看到噁心的東西或是感到非常驚嚇的時候。心情不好時也會使用。
えぇ～！	喔～？	如果語尾上揚則表示同意對方的話。如果短促而強烈地發音的話，則使用於被嚇到的時候。
えっ？	咦？	用於表示對對方的發言感到驚訝、或是驚慌的時候。因為帶有一點懷疑的語感，所以也用於反問的時候。
おぉ！	噢！	用於對意想不到的狀況感到驚嚇或佩服的時候。想要對對方的話表示強烈的同意感時也可以使用。

ねぇ。	那個～。	用於想要向其他人搭話或是提起話題的時候，主要是為了引起對方的注意。
はぁ。	唉。 什麼？	如果語尾下降的話是在嘆氣，而若是語尾上升，且短促強烈地發音的話，則是表示對對方的話感到無言、或是無法理解。
ふぅ～。	呼～。	結束辛苦的事情而深呼吸了一口氣的感覺。也用於感動或哭笑不得的時候。
ふーん。	嗯哼。	表示理解對方的話或是表達同意的語感。但也用於帶有些許疑心的時候。
へぇ～。	咦～。	用於對對方的話感到驚訝或是感嘆的時候。是日語感歎詞當中最具代表性的詞之一。
もう！	真是的。 真是～	用於對對方的話感到生氣或是無法理解的時候。短促而強烈地發音聽起來會較為自然。
わぁ～！	哇～！	用於對對方的話語或行動、或是處於某種情況表示驚訝或開心的時候。

POINT
004 新造語

アカ	帳號	「アカウント（帳號）」的縮略語，主要表示社群網路上的帳號。前面加上「ガキ（鑰匙）」則成為「カギアカ」，表示上鎖的秘密帳號。
友達(ともだち)リクエスト	好友邀請	「友達(ともだち)（朋友）」與「リクエスト（邀請）」的合成語，主要用於表示社群網路上好友關係建立的邀請。
自撮(じど)り	自拍	「自分(じぶん)で（自行）」與「撮(と)る（照相）」的合成語，表示自拍的意思。自拍棒則稱為「自撮(じど)り棒(ぼう)」。
トップ画(が)	大頭照	「トップ画像(がぞう)首頁照片）」的縮略語，指在各種社群網路上使用的個人檔案照片。
インスタ映(ば)え	美照	「インスタグラム（instagram）」與「写真(しゃしん)映(ば)え（上相）」的合成語。指很值得上傳到instagram上的照片。
既読(きどく)・ 既読無視(きどくむし)(スルー)	已讀 已讀不回	「既読(きどく)」表示對方已確認過訊息，「スルー」指無視，表示對方看過訊息卻沒有答覆。
未読(みどく)・ 未読無視(みどくむし)(スルー)	未讀 未讀未回	「未読(みどく)」表示對方尚未確認過訊息，「スルー」指無視，表示對方沒看過訊息也沒有答覆。
グルチャ	群組聊天	「グループ（團體）」與「チャット（聊天）」的合成語，表示多人聊天的意思。
個(こ)チャ	私訊聊天	「個人(こじん)（個人）」與「チャット（聊天）」的合成語，表示一對一的訊息往來。

ガラケー	**加拉帕手機**	「ガラパゴス（加拉帕戈斯）」與「ケータイ（手機）」的合成語，加拉帕戈斯島由於其封閉的環境而住有許多獨特的生物，用來比喻日本獨有的奇怪手機。
ゆるキャラ	**吉祥物**	「緩い（悠閒的）」與「キャラクター（腳色）」的合成語，指日本的某些地方、企業或團體會有的吉祥物，造型常給人「緩い（悠閒的）」的感覺，故得其名。
かまちょ	**求關注**	「構う（關注）」與「頂戴（為我做～）」的合成語，向對方求取關心的意思。
ワンチャン	**有機會**	「ワンチャンス（One chance）」的縮略語，表示某事有這一個機會成真。
おけまる	**OK**	「オッケー（OK）」與句點的合成語，簡單的表達我知道了的意思。
りょ	**了**	「了解（了解）」的縮略語。網路上常常會更簡略的寫成「りょ」。
つらたん	**難受耶**	「辛い（難受）」與帶有可愛語感的語尾「たん」結合而成，帶撒嬌地表達自己處於艱苦狀態的意思。
ディスる	**Diss**	將表示對他人沒禮貌或無禮之意的「disrespect」動詞化，即為辱罵的意思。
豆腐メンタル	**玻璃心**	「豆腐（豆腐）」與「メンタル（狀態、精神力）」的合成語，形容像豆腐一樣脆弱的精神狀態。
草不可避	**不笑不行**	「w」是日語「笑い（笑）」的縮略語，日本人習慣用「www」表示大笑，看起來像一排雜草，所以「草（草）」合成「不可避（無法避免）」就是表示不笑不行。

生活日本語

讓我們一起來學習日本鍵盤的輸入方式，自在地使用智慧型手機練習對話吧。

qwerty鍵盤 用羅馬拼音搭配空白鍵換字輸入日文的方式。

如果要打促音「っ」，在促音後連按兩次子音即可，但如果單純只是要打「っ」這個字，在[tu]的前面加上[x]即可。發音「ん」以[n]輸入即可，如果單純只是要打「ん」這個字，連續按兩下[n]就可以輸入了。

㊋ **こんばんは**（你好）= [ko]+[n]+[ba]+[n]+[ha]
やっぱり（果然）= [ya]+[p]+[pa]+[ri]

假名鍵盤 用「フリック入力（にゅうりょく）」輸入日文的方式。

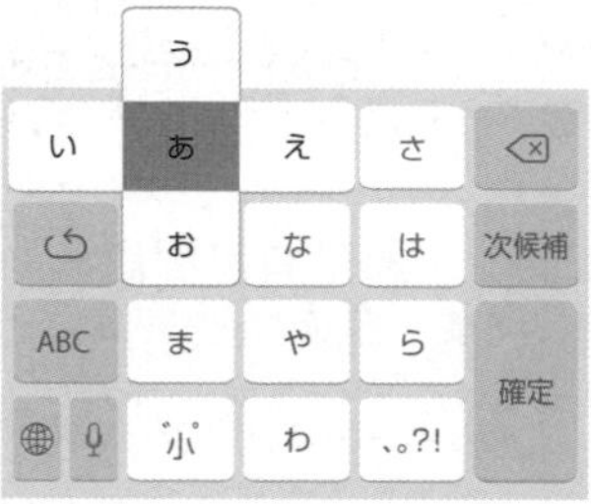

想要打出「お」這個字的時候。按下「あ」一次，旁邊即會出現「あ」行的字母，往下滑即可選字。

若是想要輸入促音與拗音，輸入想要的文字之後按一下下方的[小]即會出現。若是想要輸入濁音與半濁音，按一下[小]會出現「゛」，按兩下的話則會出現「゜」。想要輸入發音「ん」和助詞「を」，先按「わ」並往該文字的方向滑過去即可。

㊋ **こんばんは**（你好）= [**か**↓]+[**わ**↑]+[**は**]+[**小×1**]+[**わ**↑]+[**は**]
やっぱり（果然）= [**や**]+[**た**↑]+[**小**]+[**は**↑]+[**小×2**]+[**ら**←]

Chapter 01

打招呼的表達方式

所謂的招呼語，就是我們日常生活的一天中和他人相處時會最先使用、也會是最後使用的用語，在會話當中是非常基本且重要的句型。在日語當中有非常多不同的招呼方式，現在我們來看看有哪些說法吧。

Track 001

PATTERN
001 おはようございます。

早安。

日語的「おはようございます」是在早上講的招呼語，但部分行業中也有在晚上時才使用，或一整天都能使用的特殊情況。在實際對話中，很多人習慣將尾音的部分稍微拉長一點，變成「まーす」，但若在工作中、或在正式場合遇到上司要打招呼這種情況時最好不要拉長尾音，標準地講會比較合禮儀。

01 跟著母語者說

必須使用敬語的對象	**おはようございます。** 早安。
關係一般的對象	**おはようございます。** 早安。
關係親近的對象	**おはよう。** 早安。 **おは。** 早。 （稍微更親近一點的關係） **おっす。** 早安。 （主要是男性在使用，不分早上、白天、夜晚皆可。）

02 透過例句學習

おはようございます。今日(きょう)はいい天気(てんき)ですね。
早安，今天的天氣真好呢。

おはようございまーす。
コーヒーでも一杯(いっぱい)どうですか。
早安，來杯咖啡之類的，如何？

おはよう。今日(きょう)も頑張(がんば)ろう。
早安，今天也加油吧。

WORD

今日(きょう) 今天
いい 好
天気(てんき) 天氣
コーヒー 咖啡
～でも ～之類的
一杯(いっぱい) 一杯
頑張(がんば)る 加油

03 與日本人會話

中村さん

おはようございます。
早安。

あ、おはようございます。
今日(きょう)は早(はや)いですね。
啊，早安。
您今天很早出門呢。

ええ、今日(きょう)は朝(あさ)の会議(かいぎ)があるので。
是的，因為今天早上有會議。

メッセジーを入力

WORD

早(はや)い 早早地、快速
ええ 是的
朝(あさ) 早上
会議(かいぎ) 會議

TIP

早(はや)いですね

「早(はや)い」是快點、快速、也是早早地的意思。說「早(はや)いですね」的話，一般是用來表示「出門很早呢」的意思。

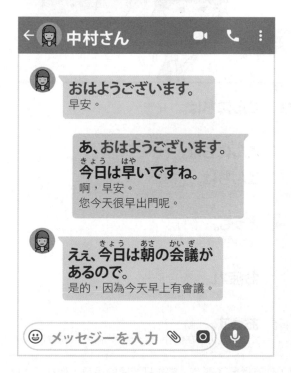

PATTERN 002

こんにちは。

午安。

Track 002

「こんにちは」是日語中在白天使用的招呼語。較常使用於從中午到太陽下山之間的時段。原本的意思是「今天」，因為以往人們在白天見面時會互相問候對方「今天」是否安好，所以漸漸變成了招呼語。句尾的「は」與「わ」發音相同，唸的時候將語調上揚的話，聽起來會更為自然。

01 跟著母語者說

必須使用敬語的對象	**こんにちは。** 午安。
關係一般的對象	**こんにちは。** 午安。 **こんちは。** 午安。 （稍微再親近一點的關係） **どうも。** 你好。 （稍微再親近一點的關係）
關係親近的對象	**お疲(つか)れ。** 辛苦了。 （親近的平輩或同事關係） **おっす。** 呦。 （主要是男性在使用，不分早上、白天、夜晚皆可。）

Bonus 在台灣，常常使用「你吃過飯了嗎？」當作打招呼的用語，但在日本這樣講通常是要邀請對方一起吃飯。

02 透過例句學習

こんにちは。お昼(ひる)ですか。
午安，在吃午餐嗎？

こんちは。宅急便(たっきゅうびん)です。
午安，有您的包裹。

お疲(つか)れ。今日(きょう)、仕事(しごと)何時(なんじ)まで(↗)。
辛苦了，今天會工作到幾點？

03 與日本人會話

中村さん

こんにちは。
午安。

こんにちは。お忙(いそが)しいところすみません。
午安，您正在忙吧，真是不好意思。

いいえ、今(いま)、ちょうど休(やす)み時間(じかん)なんで。
不會，現在剛好是休息的時間。

あぁ、じゃあよかった。
啊，那真是太好了。

メッセジーを入力

WORD

お昼(ひる) 中午、中餐（可以用來表示中午時間、午餐時間等意思）
宅急便(たっきゅうびん) 宅配包裹
仕事(しごと) 工作
何時(なんじ) 何時
～まで ～到

WORD

お 表示尊敬的接頭詞
忙(いそが)しい 忙碌的
今(いま) 現在
ちょうど 正是、剛好
休(やす)み時間(じかん) 休息時間
よかった 幸好、太好了

TIP

お忙(いそが)しいところすみません

禮貌上常使用的用語。不只在面對面接觸時可以說，在電話的通話當中也經常拿來使用。

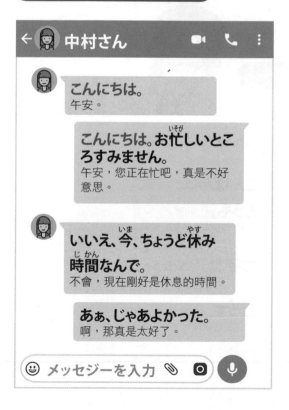

PATTERN 003

こんばんは。

晚安。

是日語中在夜晚用的招呼語，基本上在太陽下山之後使用。「こんばんは」原本的意思是「今天的晚上」，因為晚上時人們見面互相問候對方是否安好、或是談論夜晚的相關話題等等時常常會這樣講，就漸漸成了打招呼的用語。與白天使用的招呼語「こんにちは」一樣，句尾的「は」與「わ」發音相同，唸的時候將語調上揚的話，聽起來會更為自然。

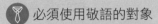

01 跟著母語者說

必須使用敬語的對象	**こんばんは。** 晚安。
關係一般的對象	**こんばんは。** 晚安。 **どうも。** 你好。 （稍微再親近一點的關係）
關係親近的對象	**お疲(つか)れ。** 辛苦了。 （親近的平輩或同事關係） **おっす。** 呦。 （主要是男性在使用，不分早上、白天、夜晚皆可。）

02 透過例句學習

こんばんは。今(いま)、お帰(かえ)りですか。
晚安，現在在回家的路上嗎？

こんばんは。今日(きょう)も残業(ざんぎょう)ですか。
晚安，今天也要加班嗎？

おっす。夕飯(ゆうはん)でも一緒(いっしょ)にどう(↗)。
呦，一起吃個晚餐之類的如何？

03 與日本人會話

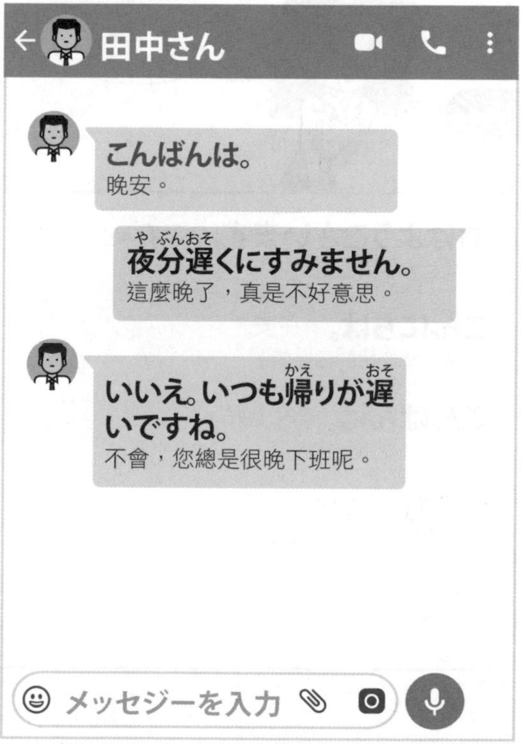

田中さん
こんばんは。
晚安。
夜分遅(やぶんおそ)くにすみません。
這麼晚了，真是不好意思。
いいえ。いつも帰(かえ)りが遅(おそ)いですね。
不會，您總是很晚下班呢。
メッセジーを入力

WORD

残業(ざんぎょう) 加班

夕飯(ゆうはん) 晚餐（同義詞有「夕(ゆう)ご飯(はん)」、「夜(よる)ご飯(はん)」）

一緒(いっしょ)に 一起、一同

TIP

(お)帰(かえ)り

「帰(かえ)り」是指回家的路上，常常用來形容下班的路上或是下班這件事。

WORD

夜分(やぶん) 晚上、半夜

いつも 總是

遅(おそ)い 晚的、遲的

TIP

夜分遅(やぶんおそ)くにすみません

這句話通常在晚上時才可以使用。在晚上打電話給對方或是突然直接拜訪時，會使用這句話向對方請求諒解。

Track 004

PATTERN 004 どうも。

你好。

「どうも」是無論早上、中午、晚上都可以使用的招呼語。但是因為聽起來比較沒有那麼正式，所以並不適用於正式的場合，也不適合對長輩使用。如果要與比自己地位高的人打招呼，可使用我們前面教過的常用招呼語，此招呼語則較常使用在稍微比較親近的關係、或是經常見面的人之間的對話。

01 跟著母語者說

必須使用敬語的對象	**おはようございます。** 早安。 （早上時使用的招呼語）
關係一般的對象	**こんにちは。** 午安。 （白天時使用的招呼語） **こんばんは。** 晚上好。 （晚上時使用的招呼語） **どうも。** 你好。 （稍微比較親近的關係）
關係親近的對象	（不會對這類對象使用）

02 透過例句學習

どうも。最近(さいきん)、お忙(いそが)しいですか。
您好，您最近忙嗎？

どうも。また会(あ)いましたね。
你好，又見面了呢。

あ、どうもどうも。
啊，你好你好。

WORD

最近(さいきん) 最近
また 又
会(あ)う 見面

TIP

どうもどうも

通常較為親近的關係或是經常見面的人，遇見對方特別開心時，會有反覆說兩次的情況。

03 與日本人會話

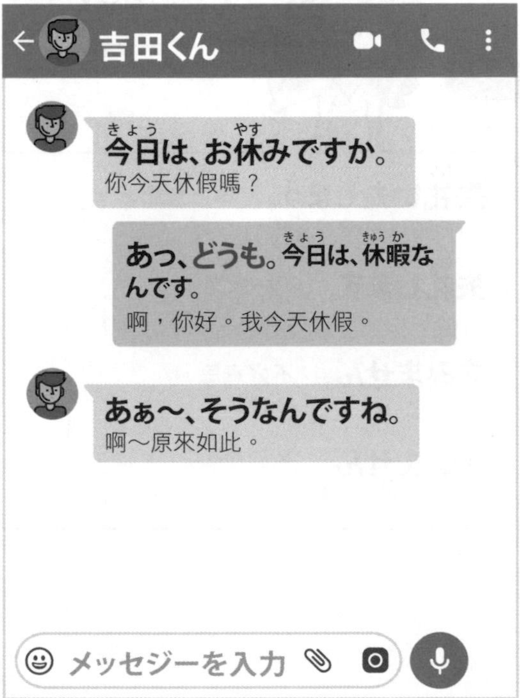

吉田くん
今日(きょう)は、お休(やす)みですか。
你今天休假嗎？
あっ、どうも。今日(きょう)は、休暇(きゅうか)なんです。
啊，你好。我今天休假。
あぁ～、そうなんですね。
啊～原來如此。
メッセジーを入力

WORD

(お)休(やす)み 休假日
休暇(きゅうか) 休假

TIP

～んです

會話中用來加強語氣的用法。比起陳述客觀事實的「です」，這樣講更強調自己的想法。

PATTERN 005

Track 005

すみません。

不好意思。

「すみません」有很多不同的意思，最常用來表達「不好意思」。在對話當中為了發音方便，也常常說成「すいません」。這個招呼語通常使用於要求對方的諒解，或是在餐廳點菜，還有問路時要叫住路人的時候也常常會用這句話開頭。

01 跟著母語者說

必須使用敬語的對象	**失礼(しつれい)いたします。** 不好意思。 （最有禮貌的表達方式。） **失礼(しつれい)します。** 不好意思。
關係一般的對象	**すみません。** 不好意思。
關係親近的對象	**すいません。** 不好意思。 （雖親近但仍使用敬語的時候。）

02 透過例句學習

ちょっと失礼(しつれい)します。
不好意思，失禮一下。

すみません。注文(ちゅうもん)お願(ねが)いします。
不好意思，我要點餐。

すいません。ちょっと時間(じかん)ありますか。
不好意思，請問有一點時間嗎？

WORD

ちょっと 稍微、一點
注文(ちゅうもん) 點餐
お願(ねが)いします 麻煩你了
時間(じかん) 時間

TIP

注文(ちゅうもん)お願(ねが)いします

這是日本在要點餐的時候最常使用的説法。

03 與日本人會話

通りがかりの人

あ、ちょっとすみません。
啊，不好意思，打擾一下。

どうしましたか。
有什麼事嗎？

駅(えき)はどっちですか。
車站在哪一個方向呢？

あ、駅(えき)はこっちですよ。
啊，車站在這個方向。

メッセジーを入力

WORD

通(とお)りがかりの人(ひと) 路人
駅(えき) 車站
どっち 哪邊
こっち 這邊

TIP

どうしましたか

詢問對方有什麼事情時最常使用的句子。

Track 006

PATTERN 006

お久(ひさ)しぶりです。

好久不見。

與對方很久不見時使用的招呼語，前面的「お」是表示尊敬的接頭詞。這個招呼語若對方是必須使用敬語的對象的時候，會改說「ご無沙汰(ぶさた)しております」，「無沙汰(ぶさた)」也是很久沒聯絡的意思。而如果是比較親近的關係可以省略「お」而變成「久(ひさ)しぶりです」，更親密的話可以省略「です」，而改以使用對朋友的「（お）久(ひさ)しぶり」。

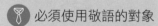

01 跟著母語者說

必須使用敬語的對象	**ご無沙汰(ぶさた)しております。** 好久不見。
關係一般的對象	**お久(ひさ)しぶりです。** 好久不見。 **久(ひさ)しぶりです。** 好久不見。 （稍微再親近一點的關係）
關係親近的對象	**お久(ひさ)しぶり。** 好久不見。 **久(ひさ)しぶり。** 好久不見。 (親朋好友之間)

02 透過例句學習

社長(しゃちょう)、ご無沙汰(ぶさた)しております。
社長，好久不見。

お久(ひさ)しぶりですね。
好久不見了呢。

わぁ～、すごく久(ひさ)しぶりだね。
哇～真的好久不見了呢。

WORD

社長(しゃちょう) 社長
すごく 非常地、十分、很

03 與日本人會話

林さん

こんにちは。
お久(ひさ)しぶりです。
午安。好久不見了。

本当(ほんとう)にお久(ひさ)しぶりですね。
真的好久不見了呢。

最近(さいきん)、どうですか。
最近如何呢？

ええ、まぁまぁです。
啊，普普通通。

メッセジーを入力

WORD

本当(ほんとう)に 真的
ええ 是的
まぁまぁだ 就那樣、普普通通

TIP

まぁまぁ

想要表達不是做得很好但也不是做得不好、不喜歡但也不討厭的時候會經常出現的表達方式。立場中立的回答。

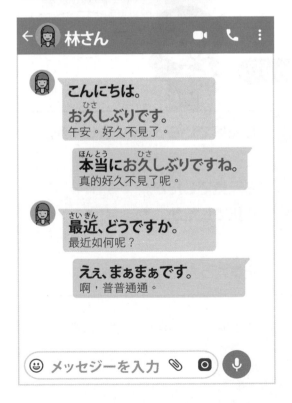

PATTERN 007

Track 007

お元気（げんき）でしたか。

你過得好嗎？

與對方一段時間不見時常使用的招呼語。「元気（げんき）だ」有「健康」的意思，所以也可以理解為問候對方身體健康的意思。前面的「お」是為表示尊敬所加的接頭詞，可以省略，但使用時建議加上會比較好。也可以說「お元気（げんき）ですか（你過得好嗎？）」。打電話向對方問好時也可以使用。

01 跟著母語者說

必須使用敬語的對象	**お元気（げんき）でいらっしゃいましたか。** 您過得好嗎？
關係一般的對象	**お元気（げんき）でしたか。** 您過得好嗎？ **元気（げんき）でしたか。** 您過得好嗎？ （稍微再更親近一點的關係）
關係親近的對象	**元気（げんき）だった(↗)。** 你過得好嗎？

Bonus 講「元気（げんき）だった」時語尾要上揚才會是問候句，不然就只是在說自己曾經有精神喔。

02 透過例句學習

先生(せんせい)、お元気(げんき)でいらっしゃいましたか。
老師，您過得好嗎？

お元気(げんき)でしたか。何年(なんねん)ぶりでしょうか。
你過得好嗎？幾年沒見面了？

久(ひさ)しぶり～。元気(げんき)だった(↗)。
好久不見了～你過得好嗎？

WORD

先生(せんせい) 老師
何年(なんねん) 幾年
～ぶり ～時隔

TIP

久(ひさ)しぶり

「お元気(げんき)でしたか」通常是很久沒見面時用於問候對方的句子，所以經常與「久(ひさ)しぶり」一起使用。

03 與日本人會話

林さん

元気(げんき)でしたか。
你過得好嗎？

ええ、元気(げんき)ですよ。
是的，過得很好唷。

久(ひさ)しぶりに会(あ)えて嬉(うれ)しいです。
好久不見，很開心見到你。

ええ、私(わたし)もです。
是的，我也是。

メッセジーを入力

WORD

久(ひさ)しぶりに 好久不見
会(あ)う 見面
嬉(うれ)しい 開心的

TIP

会(あ)えて嬉(うれ)しいです

直譯的話是「因為見到面，所以好開心」，也就是「很開心見到你」的意思。

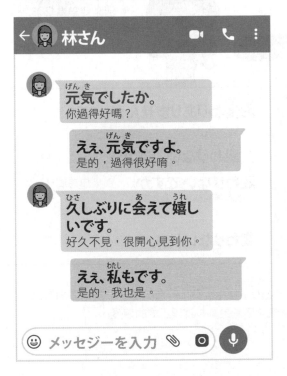

PATTERN 008

Track 008

お変わりないですか。

別來無恙嗎？

與講話對象很久不見時，詢問一切是否安好的表達方式。前面的「お」為表示尊敬所加的接頭詞，使用時可以省略。「変わりない」表示「沒有變化吧」、「沒有什麼事吧」等的意思，常常拿來表示「別來無恙嗎？」、「安好無事吧？」。日本也像台灣一樣，遇到很久不見的人時，會問候對方近來過的怎麼樣。

01 跟著母語者說

必須使用敬語的對象	**お変わりありませんか。** 別來無恙嗎？
關係一般的對象	**お変わりないですか。** 別來無恙嗎？ **変わりないですか。** 別來無恙嗎？ （稍微再更親近一點的關係）
關係親近的對象	**変わりない(↗)。** 沒變吧？

Bonus 雖然表示否定的「～ありません」與「～ないです」是相同的意思，但「～ありません」相較之下有更為尊重與正式的感覺。

02 透過例句學習

最近(さいきん)、お変(か)わりありませんか。
最近，別來無恙嗎？

お忙(いそが)しそうですけど、お変(か)わりないですか。
您好像很忙的樣子，別來無恙嗎？

変(か)わりない(↗)。仕事(しごと)はどう(↗)。
沒變吧？工作如何呢？

WORD

最近(さいきん) 最近、近來
忙(いそが)しそうだ 好像很忙的樣子
仕事(しごと) 工作

03 與日本人會話

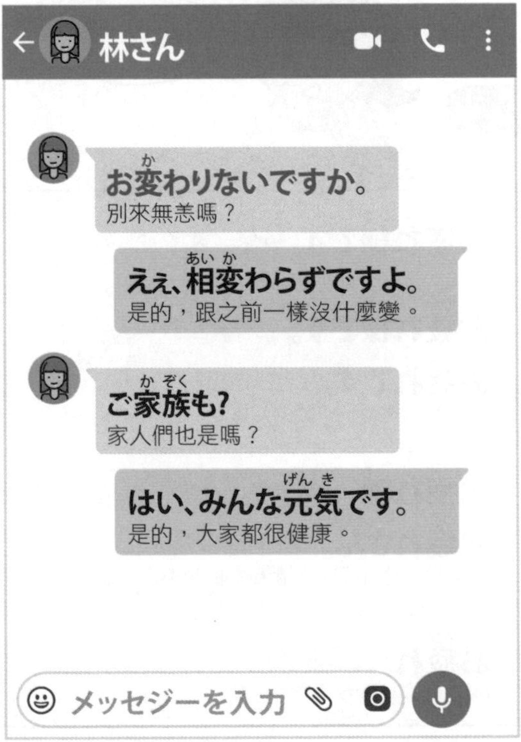

林さん
お変(か)わりないですか。
別來無恙嗎？
ええ、相変(あいか)わらずですよ。
是的，跟之前一樣沒什麼變。
ご家族(かぞく)も?
家人們也是嗎？
はい、みんな元気(げんき)です。
是的，大家都很健康。
メッセジーを入力

WORD

相変(あいか)わらず 沒有變化、跟之前一樣
ご 表示尊敬的開頭語
家族(かぞく) 家人
みんな 全部、大家
元気(げんき)だ 健康的

TIP

相変(あいか)わらず

與以前完全沒有不同、一模一樣的意思，也可以用「相(あい)も変(か)わらず」來強調其表達的語氣。這句話在一些情況下會給人嘲笑對方不知長進的印象，使用的時候要特別留意。

PATTERN 009

Track 009

お疲れ様です。

您辛苦了。

這是用來表示慰勞的句型，在同一個公司內不分上下關係皆可使用。如果想對剛完成某件事的人表示慰勞，就用過去式表達「お疲れ様でした」就可以了。另外，這個句型裡用來表達尊重的「お」，與其他的句型不同，是不能省略的，請一定要特別留意。

01 跟著母語者說

必須使用敬語的對象	**お疲れ様です。** 您辛苦了。
關係一般的對象	**お疲れ様です。** 您辛苦了。 **お疲れです。** 您辛苦了。 （稍微再更親近一點的關係）
關係親近的對象	**お疲れ様。** 辛苦了。 **お疲れさん。** 辛苦了。 (較親密但還是需要使用敬語的關係，只能由長輩向晚輩使用) **お疲れ。** 辛苦了。 (親朋好友或同事之間)

02 透過例句學習

今日(きょう)も一日(いちにち)、お疲(つか)れ様(さま)です。
今天一整天也辛苦您了。

お疲(つか)れです。お先(さき)に失礼(しつれい)します。
您辛苦了，我先告辭了。

お疲(つか)れ。じゃあ、また明日(あした)。
辛苦了，那麼明天再見。

WORD

一日(いちにち) 一天
先(さき)に 先
失礼(しつれい)します 失禮了（表示有事情要先行離開）
じゃあ 那麼、那樣的話
また 再
明日(あした) 明天

TIP

また明日(あした)
這是平常經常見面的關係的人，在要告別的時候常使用的問候語。

03 與日本人會話

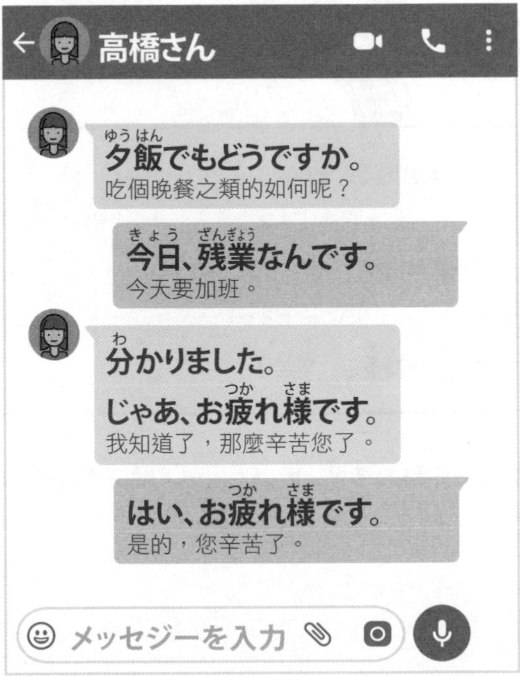

高橋さん
夕飯(ゆうはん)でもどうですか。
吃個晚餐之類的如何呢？
今日(きょう)、残業(ざんぎょう)なんです。
今天要加班。
分(わ)かりました。
じゃあ、お疲(つか)れ様(さま)です。
我知道了，那麼辛苦您了。
はい、お疲(つか)れ様(さま)です。
是的，您辛苦了。
メッセジーを入力

WORD

～でも 之類的
残業(ざんぎょう) 加班（剩下的工作）
分(わ)かる 知道

TIP

分(わ)かりました
「分(わ)かる」的過去式表現形態敬語，通常多用於表示聽到並理解了對方的話。

Track 010

PATTERN
010

ご苦労様(くろうさま)です。

勞煩您了。

這是用來表現「勞煩您了」的表達方式。「ご」是帶有尊敬涵義的接頭詞，因此不能省略。而「苦労(くろう)」是「辛苦」的意思。這句多用於感謝對方的勞動直接或間接地為自己帶來利益，有著「辛苦了、做得好」等涵義，因此如果用在比自己地位高的人的身上會顯得很失禮，要特別注意。

01 跟著母語者說

必須使用敬語的對象	（不會對這類對象使用）
關係一般的對象	**ご苦労様(くろうさま)です。** 勞煩您了。
關係親近的對象	**ご苦労様(くろうさま)。** 辛苦了。

Bonus 「ご苦労様(くろうさま)」包含感謝對方服務的意思，所以上司對下屬這樣的關係才能使用。

02 透過例句學習

いつもご苦労様(くろうさま)です。
總是勞煩您了。

今日(きょう)も、配達(はいたつ)ご苦労様(くろうさま)です。
今天也勞煩您送外送了。

ご苦労様(くろうさま)。じゃあ、後(あと)は頼(たの)むね。
辛苦了，那麼剩下的部分就拜託了。

WORD

配達(はいたつ) 外送、快遞
後(あと) 剩下的部分、後面的部分
頼(たの)む 拜託、託付

TIP

～ね

通常用於表達同意，但在這邊如果與動詞的基本型連接的話，就等於是「我會這樣做～」的意思。

03 與日本人會話

木村さん

おはようございます。
你好。

朝早(あさはや)くから、ご苦労様(くろうさま)です。
從一大早開始就得勞煩您了。

いいえ、これが私(わたし)の仕事(しごと)ですから。
不會，因為這是我的工作。

じゃあ、今日(きょう)も頑張(がんば)りましょう。
那麼，今天也加油吧。

メッセジーを入力

WORD

朝早(あさはや)く 一大早
～から ～從、～表示原因
これ 這個
頑張(がんば)る 加油
～ましょう ～做吧

TIP

～ですから

「です（～是）+から（～因此）」相當於中文的「因為是～」的意思，是經常在對話中使用的表達方式。

生活日本語

讓我們來熟悉一下在日本當地生活時經常會聽到的句子。

在飛機／機場內時

1. ご用の際は、お気軽にお声掛けください。

若您有任何需要，請呼叫服務人員。

2. 当機は、まもなく離陸いたします。

本班機即將起飛。

3. ごゆっくりお寛ぎください。

請您放鬆休息。

4. 化粧室の使用はお控えください。

請不要使用化妝室。

5. シートベルトをしっかりとお締めください。

請務必繫妥座位上的安全帶。

6. ○○航空より、出発便のお知らせをいたします。

○○航空為您進行本機的飛行說明。

7. 只今、皆様を機内へご案内中でございます。

現在為您介紹機內設施。

8. まもなく搭乗手続きを終了いたします。

登機手續的辦理時間即將結束。

9. ○○よりご到着のお客様に、お知らせいたします。

現在為從○○抵達的旅客做導引介紹。

10. お手荷物のお間違いのないよう、ご注意ください。

請留意不要拿錯行李。

Chapter 02

對答與回應的表達

日本文化中特別重視在交談時給予對方「我正在好好地聽著你說話」的感覺，也因此日語裡有許多不同的方式來回應對方。現在，讓我們一起來看看有哪些代表性的句型吧。

PATTERN 011

Track 011

そうです。

是的。

在許多回應對方的表達方式中，最常使用的就是「そうです」。「そうです」通常可以用來表示中文中的「對啊」的意思，但是，只說「そうです」會給人有點生硬的感覺，所以常加上「ね」之類的語尾。

01 跟著母語者說

必須使用敬語的對象	**左様（さよう）でございます。** 是的。
關係一般的對象	**そうです。** 是的。 **そうですね。** 是啊。
關係親近的對象	**ですよね。** 是那樣啊。 （雖然親近但仍需要使用敬語的關係） **そだね。** 是啊。 **だよね。** 是啊。

02 透過例句學習

はい、左様(さよう)でございます。
對的，是這樣。

やっぱり、そうですね。
果然是那樣呢。

そだね。それがいいよね。
是啊，那樣最好了。

WORD

やっぱり 果然
それ 那個
いい 好的、優秀、不錯

03 與日本人會話

河口さん

週末(しゅうまつ)の天気(てんき)どうでしょうか。
週末的天氣應該會如何呢？

雨(あめ)らしいですよ。
聽說會下雨。

えぇ？じゃあ、キャンプは延期(えんき)しましょうか。
咦～？那麼露營要不要延期呢？

そうですね。そうしましょう。
是啊，就那樣做吧。

メッセジーを入力

WORD

週末(しゅうまつ) 週末
天気(てんき) 天氣
～でしょうか 是嗎？
雨(あめ) 雨
キャンプ 露營
延期(えんき)する 延期
～ましょうか 要不要這樣做呢？
～ましょう 來做～吧

TIP

～らしい

是用來表示「聽説～」的意思，可以連接各種詞性和表達型態。表示透過聽來的訊息進行推測。

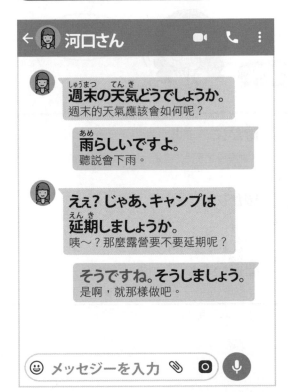

PATTERN

012 確かに。

的確。

Track 012

在贊同或是肯定對方時會使用的表達方式。只說「確(たし)か」的話，意思會是「根據我的記憶的話～」，表示對自己接下來要說的話不是很有自信。但說「確(たし)かに」的話，則會給人一種「我都想過了」這樣的感覺，所以後面搭配的句子都具有確定的意思在。「確(たし)かに」本身並不是敬語，表示尊敬時後面需要加上其他的句型一起搭配使用。

01 跟著母語者說

必須使用敬語的對象	**確(たし)かに。** 的確。 （後面接著其他的語尾一起使用會比較好。）
關係一般的對象	**確(たし)かに。** 的確。
關係親近的對象	**確(たし)かに。** 的確。 **間違(まちが)いない。** 沒錯。 （語氣再更強烈一點的表達方式）

確<small>たし</small>かに、その通<small>とお</small>りです。
的確是那樣。

確<small>たし</small>かに。間違<small>まちが</small>いないですよ。
的確，沒錯。

えぇ〜、確<small>たし</small>かにね。
啊〜的確呢。

03 與日本人會話

吉田くん

最近<small>さいきん</small>、あの二人仲<small>ふたりなか</small>いいですよね。
最近那兩個人之間的關係很好呢。

もしかして、付<small>つ</small>き合<small>あ</small>ってるかも。
或許他們現在正在交往中也不一定。

確<small>たし</small>かに、そうかも。
也許確實如此。

ええ、間違<small>まちが</small>いないですよ。
是的，不會錯的。

☺ メッセジーを入力 ✆ ◯ 🎤

◀ **WORD**

その通<small>とお</small>り 就是那樣
間違<small>まちが</small>いない 沒錯

TIP

その通<small>とお</small>りです

原本的意思是「就照著那樣」，但在會話中，通常可以解釋為「就是那樣」、「可不是那樣嗎」等的意思。

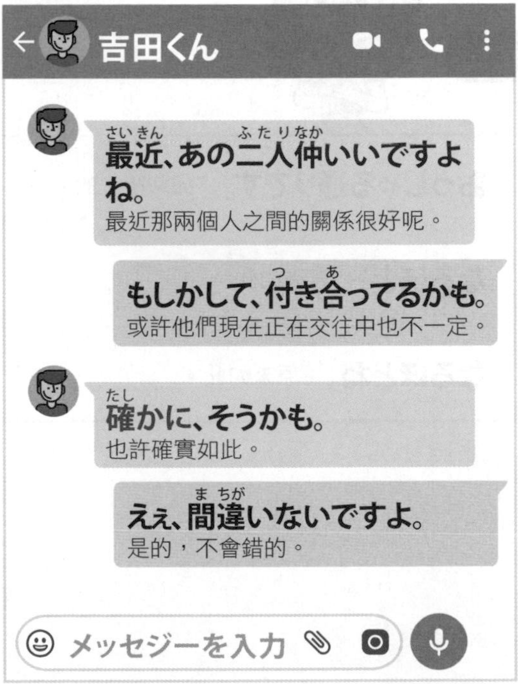

◀ **WORD**

二人<small>ふたり</small> 兩個人、兩位
もしかして 或許
付<small>つ</small>き合<small>あ</small>う 交往
〜かも 〜是這樣也不一定

TIP

仲<small>なか</small>(が)いい

用來表示「關係很好」，中間的助詞「が」也可以省略。

PATTERN 013

なるほど。

原來如此。

Track 013

這也是回答對方時經常使用的回應句型。日語中回應句是相當頻繁使用的，常常在對話中反覆出現。此外，由於這個句型本身並非正式的表達方式，很多人會「なるほどですね」這樣的說，但從文法來說這句是錯誤的，所以改講「おっしゃる通りです」會比較好。

01 跟著母語者說

必須使用敬語的對象	**おっしゃる通りです。** 如您所說的。
關係一般的對象	**なるほど。** 原來如此。
關係親近的對象	**なるほどね。** 原來如此。

02 透過例句學習

さすが、おっしゃる通(とお)りです。
果然名不虛傳，正如您所說的。

なるほど。それはいいアイディアですね。
原來如此，那是很好的點子呢。

へぇ～、なるほどね。すごい。
喔～原來如此。真了不起。

WORD

さすが 果然名不虛傳、不愧是

アイディア 點子

すごい 了不起、厲害的

03 與日本人會話

高橋さん

福岡(ふくおか)って、すごくきれいな街(まち)ですよ。
福岡是非常漂亮的地方喔。

へぇ～。よく知(し)ってますね。
喔？你很了解呢。

だって、私(わたし)の故郷(ふるさと)ですから。
因為是我的故鄉啊。

あぁ～、なるほど。
啊～原來如此。

メッセジーを入力

WORD

福岡(ふくおか) 福岡（地名）

すごく 非常地、十分地、很

きれいだ 漂亮的、清淨的

街(まち) 城鎮、街道

よく 好好地

知(し)る 知道

だって 因為

故郷(ふるさと) 故鄉

TIP

すごく

「すごい」是表示了不起、厲害的的形容詞。可以改成「すごく」作為副詞型態，表示「非常地、十分地、很」。副詞型態經常拿來修飾形容詞或動詞。

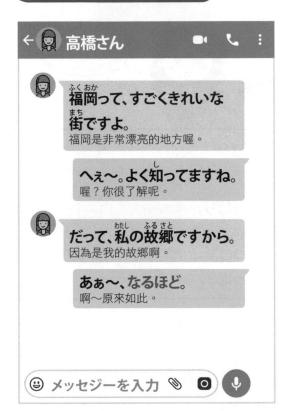

PATTERN 014

やっぱり。

果然。

這是在表示贊同時經常出現的表達方式，但也很常用於否定句。正式的場合會改用相同意思的「やはり」，但在一般的會話中大部分會使用「やっぱり」，會更有強調的感覺。「やっぱり」並非敬語，所以要表示尊敬時後面會需要與其他的句型一起搭配使用。

01 跟著母語者說

必須使用敬語的對象	**やはり。** 果然。 （後面最好加上語尾助詞）
關係一般的對象	**やっぱり。** 果然。
關係親近的對象	**やっぱり。** 果然。 **やっぱ。** 果然。

02 透過例句學習

やはり、その話(はなし)は嘘(うそ)でした。

果然那故事是騙人的。

やっぱり、行(い)かないことにしました。

果然還是決定不去了。

やっぱ、おいしいよ。

果然很好吃。

WORD

話(はなし) 故事、話

嘘(うそ) 謊話

行(い)く 去

～ことにする ～決定做

おいしい 好吃

03 與日本人會話

中村さん

メッセジーを入力

この店(みせ)、すごく人気(にんき)があるんですよ。

這家店真的非常受歡迎耶。

へぇ～、すごい人(ひと)ですね。

哇～真的很多人耶。

日本人(にほんじん)のシェフがやってるんですって。

聽說主廚是日本人。

あぁ～、やっぱりそうなんですね。

啊～果然是如此。

WORD

店(みせ) 店家

人気(にんき)がある 受歡迎

日本人(にほんじん) 日本人

シェフ 主廚

TIP

人気(にんき)がある

要用日語表達「非常受歡迎」時，要注意是用這一句，而不是「人気(にんき)が多(おお)い」。

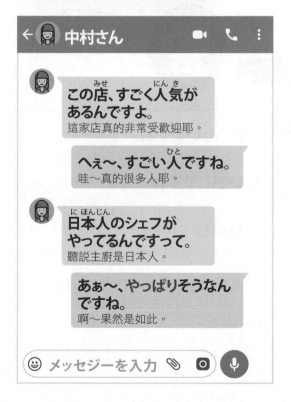

PATTERN 015

いい感(かん)じですね。

感覺很不錯呢。

這句話通常用於認同對方或是稱讚對方的時候。但是對上司或地位比自己高的人說這句話並不恰當，與「すばらしいですね」類似意思的句型會比較合乎禮節。「いい感(かん)じ」直譯是「感覺很好」，可以用來表示對方看起來漂亮或帥氣，也可用來表示贊同對方想法等等，是用途很廣的句型。

01 跟著母語者說

必須使用敬語的對象	**すばらしいですね。** 很厲害呢。
關係一般的對象	**いい感(かん)じですね。** 感覺很不錯呢。
關係親近的對象	**いい感(かん)じ。** 感覺很好。

Bonus 「すばらしい」是帶有「很厲害、很棒、很帥」等意思的形容詞。

02 透過例句學習

この作品(さくひん)、すばらしいですね。
這個作品很厲害呢。

アイディアが、なかなかいい感(かん)じですね。
點子感覺相當不錯呢。

その髪型(かみがた)、いい感(かん)じだね。
那個髮型感覺很好呢。

WORD

作品(さくひん) 作品
アイディア 點子
なかなか 還挺、相當
髪型(かみがた) 髮型

03 與日本人會話

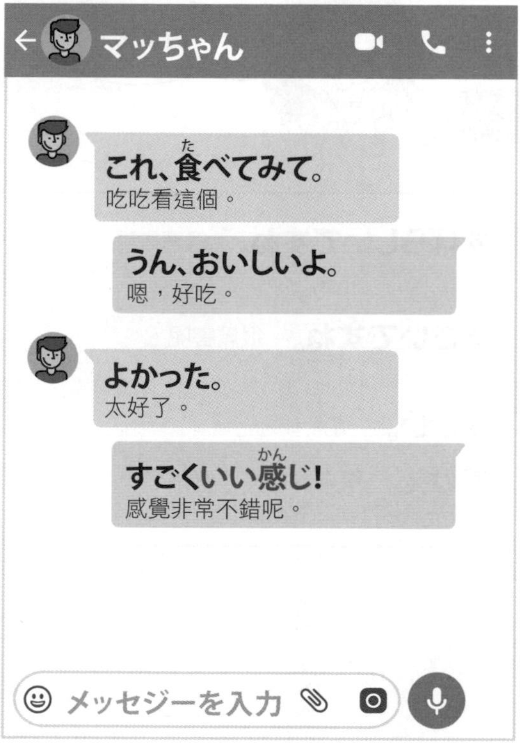

マッちゃん
これ、食(た)べてみて。
吃吃看這個。
うん、おいしいよ。
嗯，好吃。
よかった。
太好了。
すごくいい感(かん)じ!
感覺非常不錯呢。
メッセジーを入力

WORD

食(た)べる 吃
〜てみる 〜做看看
おいしい 好吃

TIP

よかった
除了「好啊」的意思之外，也可以用於表示「真是太好了」，「真是好險」等意思。

Track 016

PATTERN 016

すごいですね。

很厲害呢。

本句型是感嘆或驚訝時最常使用的表達方式。「すごい」是「了不起、很厲害」的意思，如果要使用敬語的話，通常會再加上「です」，並且語尾也會加上「ね」。但是，若對方是必須使用敬語的對象的時候，比起說「すごいですね」，說「すばらしいですね」會更合適。此外，根據不同的情緒表達，也很常會將中間的發音拉長變成「すごーい」。

01 跟著母語者說

必須使用敬語的對象	**すばらしいですね。** 很厲害呢。
關係一般的對象	**すごいですね。** 很厲害呢。
關係親近的對象	**すごい。** 厲害。 **すげぇ。** 厲害。 （主要是男性在使用的話）

02 透過例句學習

彼女(かのじょ)の実力(じつりょく)は、本当(ほんとう)にすばらしいですね。

那個女生的實力真的非常的厲害呢。

一人(ひとり)で作(つく)ったなんて、すごいですね。

竟然能自己獨自做好，真的很厲害呢。

このケータイ、すごーい。

這個手機很厲害。.

> **WORD**
>
> **彼女(かのじょ)** 她
> **実力(じつりょく)** 實力
> **一人(ひとり)** 獨自、一個人
> **作(つく)る** 做
> **～なんて** ～因為、竟然～

> **TIP**
>
> **ケータイ**
>
> 手機日語稱為「携帯電話(けいたいでんわ)」，簡稱是取前面部分的片假名變成「ケータイ」。

03 與日本人會話

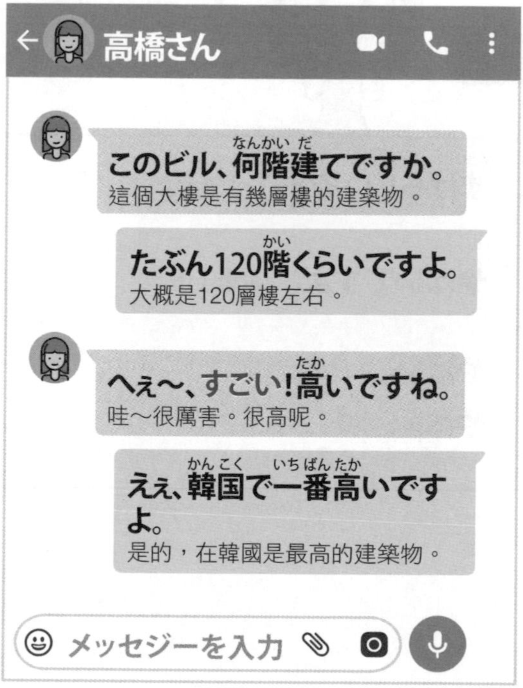

高橋さん
このビル、何階建(なんかいだ)てですか。
這個大樓是有幾層樓的建築物。
たぶん120階(かい)くらいですよ。
大概是120層樓左右。
へぇ～、すごい！高(たか)いですね。
哇～很厲害。很高呢。
ええ、韓国(かんこく)で一番高(いちばんたか)いですよ。
是的，在韓國是最高的建築物。
メッセジーを入力

> **WORD**
>
> **ビル** 大樓
> **何階(なんかい)** 幾層
> **たぶん** 大概
> **くらい** 左右
> **高(たか)い** 高的
> **一番(いちばん)** 最

> **TIP**
>
> **～建(だ)て**
>
> 意謂「～幾層的建築物」，通常用於談論建築物高度的時候使用。

PATTERN
017 やばいですよ。

Track 017

太讚了。

這個表達方式有很多種意思，在年輕人之間，就跟中文的「厲害」一樣，有表示非常驚人或是值得稱讚的意思。另外也可以用來表示「事情很大條」。但要特別注意的是不能對長輩使用，如果對方是必須使用敬語的對象，可以改使用前面學的「すばらしいです」。

01 跟著母語者說

必須使用敬語的對象	**すばらしいです。** 很厲害呢。
關係一般的對象	**やばいですよ。** 太讚了。
關係親近的對象	**やばい。** 很讚。 **やべぇ。** 讚。 （主要是男性在使用）

02 透過例句學習

あそこの寿司(すし)は、すばらしいです。
那裡的壽司很讚呢。

沖縄(おきなわ)の海(うみ)は、やばいですよ。
沖繩的大海真是讚。

このお店(みせ)、やばいよ。
這間店很讚。

WORD

あそこ 那裡
寿司(すし) 壽司
沖縄(おきなわ) 沖繩
海(うみ) 大海
お店(みせ) 店

03 與日本人會話

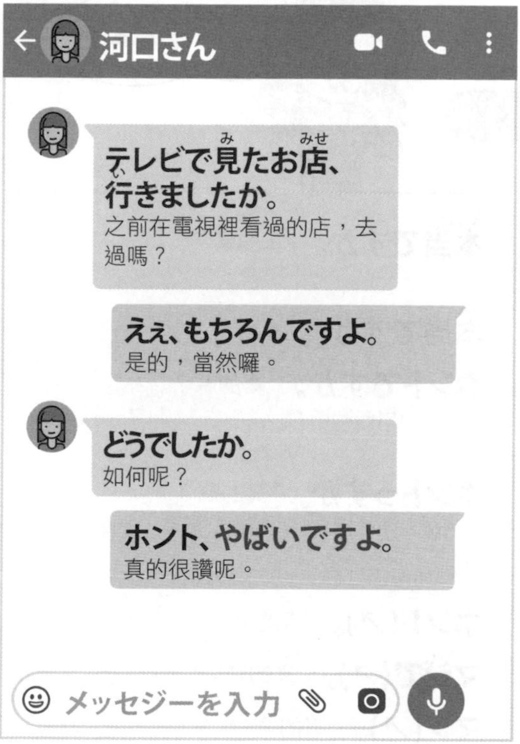

河口さん
テレビで見(み)たお店(みせ)、行(い)きましたか。
之前在電視裡看過的店，去過嗎？
ええ、もちろんですよ。
是的，當然囉。
どうでしたか。
如何呢？
ホント、やばいですよ。
真的很讚呢。
メッセジーを入力

WORD

テレビ 電視
見(み)る 看
行(い)く 去
もちろん 當然
ホント 真的

TIP

どうでしたか

這是在詢問對方的意見時經常使用的表達方式，也就是「どうですか（如何呢？）」的過去式。

PATTERN
018

本当（ほんとう）ですか。

真的嗎？

Track 018

這個表達方式主要是在受到驚嚇時出現，但在表達自己開心或興奮時也經常使用。在會話當中，通常不會說「本当（ほんとう）」，而是會使用縮短的「ほんと」，或者是用片假名的「ホント」來表達。這個句型是屬於較正式的表達方式，即使對方是長輩也可以使用。而若為親近關係的話，可以使用「マジで」。

01 跟著母語者說

必須使用敬語的對象	**本当（ほんとう）ですか。** 真的嗎？
關係一般的對象	**本当（ほんとう）ですか。** 真的嗎？ **ホントですか。** 真的嗎？ （最常使用的表現）
關係親近的對象	**ホントっすか。** 真的嗎？ （親密但還是需要使用敬語的關係，主要是男性使用） **ホント(↗)。** 真的？ **マジで(↗)。** 真的？ **マジ(↗)。** 真的？

02 透過例句學習

怪我したって、本当ですか。
聽說受傷的事情是真的嗎？

その話、ホントですか。
那個事是真的嗎？

マジで最悪！
真的很糟！

WORD

怪我する 受傷
〜って 〜說的、〜說的那件事
話 故事、話語
最悪 最壞、太糟

TIP

「最悪」與「最低」

兩種表達方式都是用來指責、怪罪對方，或是形容情況、狀態等很差的意思。

03 與日本人會話

林さん

あの、ちょっと聞いたんですけど。
那個，我聽到了一些消息。

何ですか。
什麼事呢？

仕事辞めるってホントですか。
你要辭職的事情是真的嗎？

ええ、そうなんです。
是的，是真的。

メッセジーを入力

WORD

ちょっと 暫時地、一點
聞く 聽、問
辞める （工作）辭職

TIP

聞いたんですけど

想要跟別人以在別處聽到的內容為主題來開始聊天時經常使用的句型。

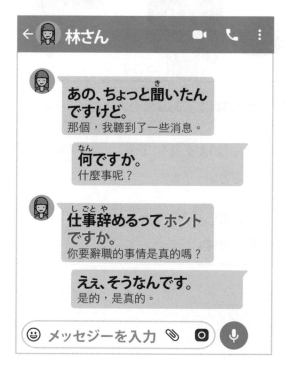

PATTERN 019

Track 019

まさか。

不會吧。

這個表達方式可以表現出難以置信的心情，通常會用非常驚訝的語氣來說出口。這個句型本身並不正式，所以要維持禮貌的話「まさか」之後要搭配其他的敬語句型一起使用。要強調受驚嚇的感覺，前面也可以加上「えぇ」之類的感嘆詞，但如果在語尾加上「ね」的話，也有表達同意對方所言的意思。

01 跟著母語者說

必須使用敬語的對象	**そんなはずありません。** 那不可能。
關係一般的對象	**そんなはずないです。** 那不可能。 **まさか。** 不會吧。
關係親近的對象	**まさか。** 不會吧。 **まさかね。** 難道。

Bonus 類似的表達方式有「嘘（騙人）」、「信じられない（無法相信）」等等。

02 透過例句學習

彼(かれ)が騙(だま)すなんて、そんなはずありません。
你說他騙人，那不可能。

まさか、今日(きょう)が締(し)め切(き)りですか。
難道是今天截止嗎？

まさか、失(な)くしたの(↗)。
不會弄丟了吧？

WORD

- **彼(かれ)** 他、那個人
- **騙(だま)す** 騙人
- **締(し)め切(き)り** 截止
- **失(な)くす** 弄丟

03 與日本人會話

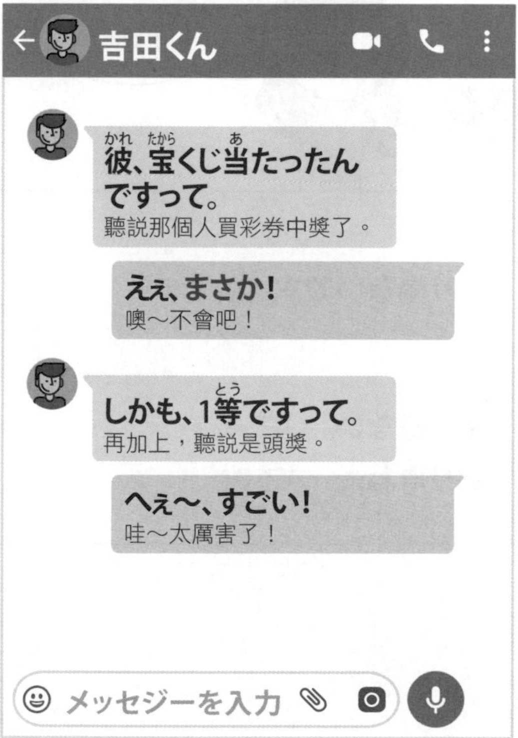

WORD

- **宝(たから)くじ** 彩券
- **当(あ)たる** 中獎
- **～って** ～聽說、～說是
- **1等(とう)** 頭獎、第一等

TIP

しかも

「再加上」的意思，是要再添加其他內容時所使用的句型。類似的說法有「それに」、「そのうえ」等。

PATTERN 020

Track 020

あり得ないです。

真不像話。

在得知無法接受的事實時會使用的句型。「あり得ない」是「あり得る（有可能）」的否定形態，也就是「不可能的事」、「不可能」的意思，這裡被用來表達對某件事的憤怒和無法置信。如果要表現出更強調的語氣的話，通常會在語尾搭配「よね」、「でしょ」、「よ」等詞一起使用，聽起來會更為自然。

01 跟著母語者說

必須使用敬語的對象	**あり得ないです。** 真不像話。
關係一般的對象	**あり得ないです。** 真不像話。
關係親近的對象	**あり得ない。** 真不像話。 **あり得ねえ。** 真不像話。 （主要是男性在說的話）

02 透過例句學習

やっぱりあり得(え)ないですよね。
果然真不像話。

いくらなんでも、あり得(え)ないでしょ。
不管怎麼說也太不像話了。

そんな事(こと)、あり得(え)ないよ。
那種事真不像話對吧。

WORD

いくらなんでも 不管怎麼說

そんな 那樣的事

事(こと) 事情、事

03 與日本人會話

中村さん

もし過去(かこ)に戻(もど)れるとしたら、どうしますか。
如果可以回到過去的話，你會怎麼做呢？

えぇ…。
嗯…。

私(わたし)は、もっと勉強(べんきょう)したいなぁ。
我的話，想再更用功讀書一點。

でも、そんな事(こと)、あり得(え)ないでしょ。
但是，那樣的事是不可能的吧。

メッセジーを入力

WORD

もし 如果

過去(かこ) 過去

戻(もど)る 回去

～としたら ～如果這樣做的話

もっと 更

勉強(べんきょう)する 讀書、用功

～たい ～想要做

でも 但是、雖然

TIP

「戻(もど)る」與「帰(かえ)る」

兩種都表示「回到原來的地方」。「帰(かえ)る」給人有「回到歸所」的感覺，因此常搭配家或是故鄉、家鄉、祖國等單字一起使用。

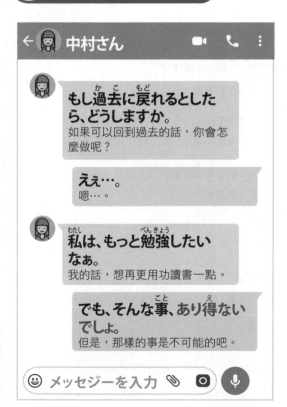

生活日本語

讓我們來熟悉一下在日本當地能夠聽到的必備句型吧。

在大眾交通工具內

1. まもなく○○番線(ばんせん)に○○行(ゆ)き列車(れっしゃ)が参(まい)ります。

即將要進站的是開往○○的○○號線列車。

2. 危(あぶ)ないですから、黄色(きいろ)い線(せん)の内側(うちがわ)までお下(さ)がりください。

注意危險，請您退到黃線的內側。

3. ドアが閉(し)まります。ご注意(ちゅうい)ください。

門要關上了，請小心注意。

4. まもなく発車(はっしゃ)いたします。

列車即將出發。

5. 次(つぎ)は○○、○○です。お出口(でぐち)は、右側(みぎがわ)(左側(ひだりがわ))です。

下一站是○○，○○站，下車門在右手邊（左手邊）。

6. お忘(わす)れ物(もの)のないよう、ご注意(ちゅうい)ください。

請再次確認，您是否有遺落隨身攜帶的物品。

7. ○○線(せん)にお乗(の)り換(か)えの方(かた)は、次(つぎ)の駅(えき)でお降(お)りください。

需要轉搭○○線的旅客，請在本站換車。

8. この列車(れっしゃ)は各駅(かくえき)に止(と)まります。

本列車每站都會停靠。

9. 発車(はっしゃ)までしばらくお待(ま)ちください。

在列車發車前，請您稍微等待一下。

10. お降(お)りの方(かた)は、お知(し)らせください。

要下車的乘客，請告知。

Chapter 03

表示請求與允許的表達方式

生活中需要拜託他人或請求他人許可、抑或是答應他人要求的機會很多，因為我們不是自己一個人獨自生活在這世界上，所以這自然而然成了在日常生活中必備的句型。那麼，就讓我們來了解一下該如何用日語來表達這些吧。

PATTERN 021

お願(ねが)いします。

麻煩了。

Track 021

這是日本人拜託他人時最常使用的表達方式。「お願(ねが)いします」是最常見的句型，但也可以說「頼(たの)みます」來表現出更熱切盼望的語氣。然而，如果想要聽起來比較正式的話，可以說「お願(ねが)いいたします」。和對方的關係較為親近時則可以說「お願(ねが)い」，通常會和「よろしく（好好地）」一起使用，變成「よろしくお願(ねが)いします（麻煩您了）」。

01 跟著母語者說

必須使用敬語的對象	**お願(ねが)いいたします。** 麻煩了。
關係一般的對象	**お願(ねが)いします。** 麻煩了。 **頼(たの)みます。** 拜託了。
關係親近的對象	**お願(ねが)い。** 麻煩了。 **お願(ねが)いね。** 麻煩了。 **頼(たの)む。** 麻煩了。 （主要是男性在說的話）

02 透過例句學習

ご協力(きょうりょく)お願(ねが)いいたします。
麻煩協助了。

よろしくお願(ねが)いします。
麻煩多多指教。

明日(あした)までにお願(ねが)いね。
拜託你明天之內完成喔。

> **WORD**
>
> **協力(きょうりょく)** 協助
> **明日(あした)** 明天
> **～までに**（至少）～到為止

03 與日本人會話

村上さん

これ、いつまでにできますか。
這個什麼時候之前能完成呢？

今週中(こんしゅうちゅう)にはできますよ。
這禮拜之內就行。

じゃあ、できるだけ早(はや)くお願(ねが)いします。
那麼，麻煩請盡快。

はい、分(わ)かりました。
好的，我知道了。

メッセジーを入力

> **WORD**
>
> **いつまでに**（至少）到什麼時候
> **できる** 完成
> **今週中(こんしゅうちゅう)** 這禮拜之內
> **できるだけ** 盡量
> **早(はや)い** 早、快

> **TIP**
>
> **～までに**
>
> 跟「まで」不同，通常表示期限至少到某一個時間為最好，可以以「至少～到為止」來理解與記憶。

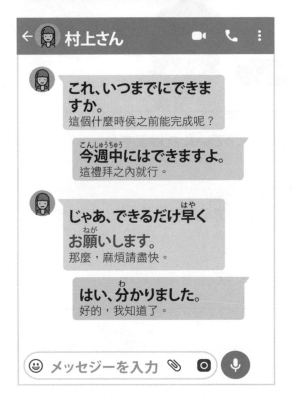

PATTERN 022

〇〇てください。

請為我做〇〇。

Track 022

這是拜託他人時使用的句型當中最具代表性的一個。動詞「て」形後面可以接著許多不同的用法。需要注意的是這是在向別人提出要求，所以若對方是必須使用敬語的對象的時候，最好改用更謙遜的「〇〇ていただけますか」。相反地，如果與對方關係，則可以只說動詞的「て」形。

01 跟著母語者說

必須使用敬語的對象	**〇〇ていただけますか。** 可以幫忙我做〇〇嗎？
關係一般的對象	**〇〇てください。** 請幫忙我做〇〇。
關係親近的對象	**〇〇て。** 幫我做〇〇。

02 透過例句學習

書類(しょるい)を確認(かくにん)していただけますか。
可以幫忙我確認資料嗎？

後(あと)で、連絡(れんらく)してください。
之後請再聯絡我。

ちょっとこれ見(み)て。
稍微幫我看一下這個。

WORD

書類(しょるい) 資料
確認(かくにん)する 確認
後(あと)で 之後
連絡(れんらく)する 聯絡
見(み)る 看

TIP

後(あと)で

如果用日語說「後(あと)で」的話，雖然意思上是「以後」，但一般來說含有希望能盡快的意思。

03 與日本人會話

山崎さん

今(いま)、どの辺(へん)ですか。
現在在哪裡了？

あと5分(ふん)くらいで着(つ)きます。
再過5分鐘左右就會抵達了。

分(わ)かりました。
我知道了。

もう少(すこ)し、待(ま)ってください。
請再稍等一下。

メッセジーを入力

WORD

どの辺(へん)
哪裡、哪邊附近

あと 接下來、尚未
着(つ)く 抵達
もう少(すこ)し 只要再一點
待(ま)つ 等待

TIP

着(つ)く

「着(つ)く」是表示到達的意思，比起「到着(とうちゃく)する」是更常使用的動詞。

PATTERN
023 ○○てもらえますか。

可以為我做○○嗎？

Track 023

這個句型是比「○○てください」更為正式的表達方式。在日語當中，比起直接拜託他人，更偏好先詢問對方的意見。但若對方是必須使用敬語的對象的時候，使用之前學過的「○○ていただけますか」句型會更為適合。而如果是較為親密的關係，則可以使用比較隨意的「○○てくれますか」。

01 跟著母語者說

必須使用敬語的對象	**○○ていただけますか。** 可以為我做○○嗎？
關係一般的對象	**○○てもらえますか。** 可以為我做○○嗎？ **○○てくれますか。** 能幫我做○○嗎？ （稍微再親近一點的關係）
關係親近的對象	**○○てくれる(↗)。** 能幫我做○○嗎？

02 透過例句學習

もう一度(いちど)、教(おし)えていただけますか。
可以再重新教我一次嗎？

ちょっと、手伝(てつだ)ってもらえますか。
可以稍微幫忙一下嗎？

一緒(いっしょ)に行(い)ってくれる(↗)。
能一起去嗎？

WORD

もう一度(いちど) 再一次
教(おし)える 教導
手伝(てつだ)う 幫忙
一緒(いっしょ)に 一起、一同
行(い)く 去

03 與日本人會話

ケンちゃん

明日(あした)、お見合(みあ)いなんだ。
明天要相親。

えぇ～、ドキドキするね。
喔～那應該很緊張。

一緒(いっしょ)に来(き)てくれる?
你能一起來嗎？。

それはダメでしょう。
那可不行吧。

メッセジーを入力

WORD

お見合(みあ)い 相親
ドキドキする
緊張、心臟砰砰跳
ダメだ 不行

TIP

「お見合(みあ)い」與「合(ごう)コン」

「お見合(みあ)い」是一對一，且以結婚為前提的相親。而所謂的「合(ごう)コン」，也就是中文的「聯誼」，指的是好幾個男性與好幾個女生一起見面聊天吃飯。

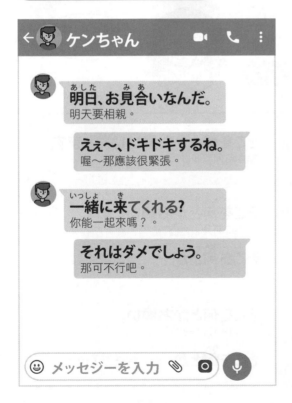

PATTERN 024

Track 024

そこを何（なん）とか…。

無論如何拜託你了…。

這個句型原本是用來表示委婉地拜託有點勉強對方的事情，或是用於表達自己的願望很強烈。若對方是必須使用敬語的對象時使用這句會有些失禮，因此後面通常會加上「お願（ねが）いします」。「そこ」原本是用來表示地點或時間的指示代名詞，但在說明內容或要點時也可以表示「那件事、那點」的意思。

01 跟著母語者說

必須使用敬語的對象	**そこを何（なん）とかお願（ねが）いいたします。** 無論如何拜託您了。
關係一般的對象	**そこを何（なん）とかお願（ねが）いします。** 無論如何拜託您了。 **そこを何（なん）とか…。** 無論如何拜託了…。
關係親近的對象	**そこを何（なん）とかお願（ねが）い。** 無論如何拜託你了。 **そこを何（なん）とか…。** 拜託你了…。

02 透過例句學習

そう言わずに、そこを何とかお願いいたします。

別那樣說，那事無論如何就拜託您了。

そこを何とかしてもらえませんか。

無論如何拜託您了。

無理ですよね。でも、そこを何とか…。

沒辦法吧，但還是只能拜託你了…。

WORD

そう言わずに 別那樣說

無理だ 沒辦法

でも 但是、可是

03 與日本人會話

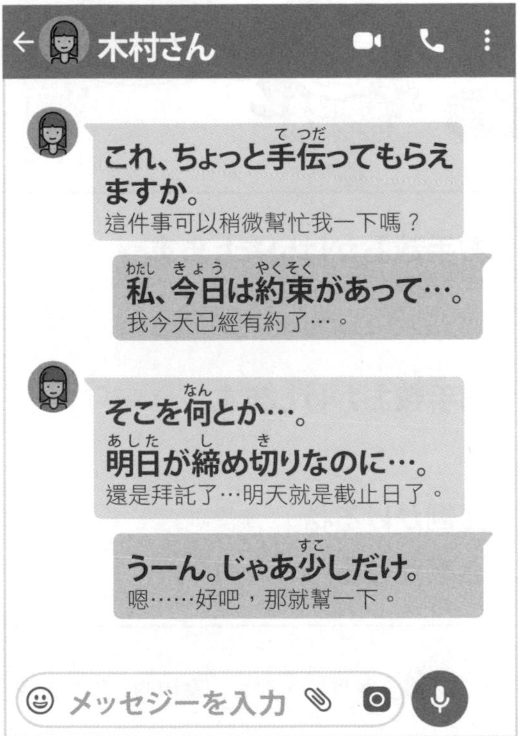

木村さん
これ、ちょっと手伝ってもらえますか。
這件事可以稍微幫忙我一下嗎？
私、今日は約束があって…。
我今天已經有約了…。
そこを何とか…。
明日が締め切りなのに…。
還是拜託了…明天就是截止日了。
うーん。じゃあ少しだけ。
嗯……好吧，那就幫一下。
メッセジーを入力

WORD

約束 約

明日 明天

締め切り 截止

少しだけ 稍微、一點

TIP

～のに

主要是在表達否定意味，或是在要委婉的請求時使用。

PATTERN 025

Track 025

お手数おかけします。

麻煩您費心了。

這個句型是用於勞煩對方費心的請託時所使用的表達方式。有很多意思與之相同的用法，此句型最為代表性。像「お手数おかけします」加上助詞一起使用也可以。使用這個句型時常會在語尾加上「が」變成「お手数おかけしますが（雖然很勞煩您）」，也很常在這一句後面接上其他表示懇求的句型一起使用。

01 跟著母語者說

必須使用敬語的對象	**お手数おかけいたします。** 麻煩您費心了。
關係一般的對象	**お手数おかけします。** 麻煩你了。
關係親近的對象	**面倒かけるね。** 麻煩你了。 **迷惑かけるね。** 麻煩你了。

Bonus 「お手数」與「面倒」、「迷惑」等單字，都有「麻煩的、繁瑣的事」的意思。

02 透過例句學習

お忙(いそが)しいところ、お手数(てすう)おかけいたします。

百忙之中還真是麻煩您費心了。

お手数(てすう)おかけしますが、よろしくお願(ねが)いします。

麻煩您費心了，還請多多關照。

面倒(めんどう)かけるけど、お願(ねが)いね。

麻煩你多照顧了。

WORD

お忙(いそが)しいところ 百忙之中

～が ～雖然～但是

よろしく 好好地

～けど 但是

03 與日本人會話

村上さん

この前(まえ)、お尋(たず)ねした件(けん)、どうなりましたか。

上次詢問的事情，後來結果如何呢？

あぁ、まだ確認中(かくにんちゅう)なんです。

啊，仍然在確認當中。

お手数(てすう)をおかけしますが、分(わ)かり次第連絡(しだいれんらく)お願(ねが)いします。

麻煩您費心了，知道的時候，就請您馬上聯絡我。

メッセジーを入力

WORD

この前(まえ) 上次

お尋(たず)ねする 詢問、請示

件(けん) 事情

まだ 還、仍然

確認中(かくにんちゅう) 確認中

分(わ)かる 知道

連絡(れんらく) 聯絡

TIP

～次第(しだい)

接在動詞的「ます」型後面使用，意思是「之後～」。

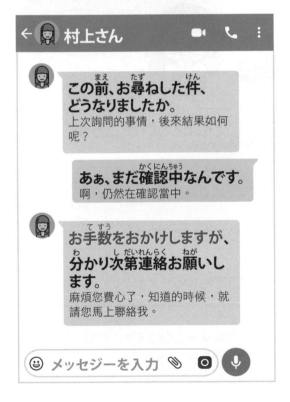

PATTERN 026

Track 026

○○てもいいですか。

○○也可以嗎？

這個句型會接在「て」型的後面，是想要請求對方諒解時的代表性講法。尤其在講究禮儀的日本，這個有禮貌的表達方式十分地常用。若對方是必須使用敬語的對象的時候，則會使用更正式的「○○てもよろしいでしょうか」或是「○○てもよろしいですか」。

01 跟著母語者說

必須使用敬語的對象	**○○てもよろしいでしょうか。** ○○也可以嗎？ **○○てもよろしいですか。** ○○也可以嗎？
關係一般的對象	**○○てもいいですか。** ○○也可以嗎？
關係親近的對象	**○○てもいい(↗)。** ○○可以嗎？

Bonus 在比較親近的關係中，也可以摘掉「○○ても」中的「も」簡稱為「○○ていい（↗）」。

02 透過例句學習

お先(さき)に失礼(しつれい)してもよろしいでしょうか。
提早先離開也可以嗎？

少(すこ)し休(やす)んでもいいですか。
稍微休息一下可以嗎？

家(うち)に遊(あそ)びに行(い)ってもいい(↗)。
去家裡玩可以嗎？

WORD

(お)先(さき)に 先、早
失礼(しつれい)する 離開
休(やす)む 休息
家(うち) 家
遊(あそ)ぶ 玩耍

TIP

～に行(い)く

動詞「ます」型＋「に行(い)く/来(く)る」，意思為「去/來～」，是對話當中經常使用的表達方式。

03 與日本人會話

木村さん

今日(きょう)、飲(の)み会(かい)ですよね。
今天是聚餐吧？

ええ、たぶん遅(おそ)くなりますよ。
是的，大概可能會很晚結束。

そうですか…。じゃあ、私(わたし)先(さき)に帰(かえ)ってもいいですか。
這樣啊…？那麼，我先回家也可以嗎？

メッセジーを入力

WORD

たぶん 可能
遅(おそ)くなる
延遲、很晚結束

TIP

飲(の)み会(かい)

公司同事或朋友之間的聚餐，通常會有酒類飲料。

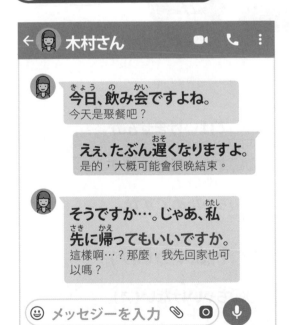

PATTERN 027

Track 027

○○てはいけませんか。

可不可以做○○？

這個句型是用於在有些為難對方，卻仍然很想獲得對方許可時所使用的表達方法。因為是較為直接的用法，在對方是必須使用敬語的對象的時候，比較少使用。如果與對方是較為親近的關係，則可以用「ないですか」取代「ませんか」，呈現比較隨意的語感。如果是跟熟識的朋友或同事對話時，可以說「いけない」，或只講「だめ」縮短句型，會更加自然。

01 跟著母語者說

必須使用敬語的對象	（不會對這類對象使用）
關係一般的對象	**○○てはいけませんか。** 可不可以做○○？ **○○てはいけないですか。** 可不可以做○○？ **○○ちゃだめですか。** 可不可以做○○？
關係親近的對象	**○○てはいけない(↗)。** 不行做○○嗎？ **○○ちゃいけない(↗)。** 不行做○○嗎？ **○○ちゃだめ(↗)。** 不行做○○嗎？

02 透過例句學習

中(なか)に入(はい)ってはいけませんか。
可不可以進去裡面？

ここに捨(す)ててはいけないですか。
可不可以丟在這裡？

卒(そつ)アル見(み)ちゃだめ(↗)。
可不可以看畢業相簿？

WORD

中(なか) 裡面、內部
入(はい)る 進去
ここ 這裏、這個地方
捨(す)てる 丟棄
卒(そつ)アル 畢業相簿（「卒業(そつぎょう)アルバム」的縮略語）
見(み)る 看

03 與日本人會話

← 中村さん

最近(さいきん)、なんか食欲(しょくよく)が止(と)まらないんです。
最近不知道為什麼食慾停不下來。

えぇ～!それ、ストレスが原因(げんいん)ですね。
喔～。那個是因為壓力的原因呢。

でも、これもう一(ひと)つ食(た)べちゃだめですか。
但是，這個再多吃一個可不可以？

だめです。食(た)べ過(す)ぎますよ。
不可以，吃太多了。

メッセジーを入力

WORD

食欲(しょくよく) 食慾
止(と)まる 停止
ストレス 壓力
原因(げんいん) 原因
でも 但是、可是
もう一(ひと)つ 再一個

TIP

食(た)べ過(す)ぎる

動詞「ます」型＋「過(す)ぎる」表示「過量地做了～」的意思。代表性的例子有「食(た)べ過(す)ぎる（暴飲暴食）」，「飲(の)み過(す)ぎる（飲酒過量）」等。

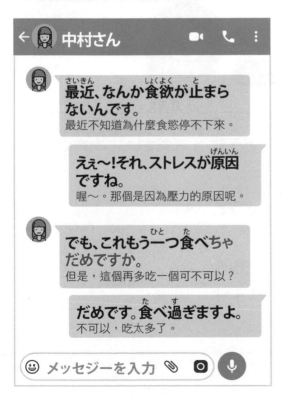

PATTERN 028

どうぞ。

請。

對他人表示讓步或是請求時日本人最常使用的表達方式。意思就像中文的「請」一樣，用法上也類似，有時只講「どうぞ」就足以傳達你的意思。跟必須使用敬語的對象交談時常常會另外加上「どうぞ○○ください」等敬語表示尊敬。但是在大部分的時候，單單講「どうぞ」即可適用於非常多不同的狀況，所以可說是非常實用的句子。

Track 028

01 跟著母語者說

必須使用敬語的對象	**どうぞ○○ください。** 請做○○。
關係一般的對象	**どうぞ。** 請。
關係親近的對象	**どうぞ。** 請。 **いいよ。** 可以喔。 （在朋友關係間使用，取代「どうぞ」，表示「許可」。）

02 透過例句學習

どうぞ、お召(め)し上(あ)がりください。
（一邊遞茶）請享用。

こちらへどうぞ。
（一邊帶路，指著裡面）請往這邊。

先(さき)にいいよ。
（一邊讓出排隊順序）你可以先。

WORD

召(め)し上(あ)がる 享用
こちら 這邊
先(さき)に 先

TIP

お～ください

「お」＋動詞「ます」形＋「ください」是用來表達「請～」的意思，為常見的敬語表達型態。

03 與日本人會話

ケンちゃん

わぁ～、すごくすてきなお宅(たく)だね。
哇～非常棒的房子呢。

そんなことないよ。
別那麼説。

お邪魔(じゃま)しまーす。
打擾了～。

うん。散(ち)らかってるけど、どうぞ。
雖然很亂，但請進。

メッセジーを入力

WORD

すごく 非常、很
すてきだ 美好、棒
お宅(たく)（別人的）房子
そんなことない
別這麼説、哪有。
散(ち)らかる 分散、散亂
～ている
變得～（狀態）

TIP

お邪魔(じゃま)します

雖然也是「失禮了」的意思，但和「失礼(しつれい)します」的意思不同，這是用在去對方家裡拜訪時，為了表示禮貌而使用的慣用句。

PATTERN 029

Track 029

○○ても構(かま)わないです。

○○也可以。

這個句型是接在動詞「て」型的後面，表示允許意思的「○○也可以。」。「構(かま)わない」有「都可以、沒關係」的意思，常常用於代替「いい」。「構(かま)いません」比「構(かま)わないです」更為正式，因此對必須使用敬語的對象說這個句型會更好。關係親近的話講「いい」或「大丈夫(だいじょうぶ)（沒關係）」都可以。

01 跟著母語者說

必須使用敬語的對象	**○○ても構(かま)いません。** ○○也可以。
關係一般的對象	**○○ても構(かま)わないです。** ○○也可以。 **○○てもいいです。** ○○也可以。
關係親近的對象	**○○ても構(かま)わない。** ○○也行。 **○○てもいい。** ○○也行。 **○○ても大丈夫(だいじょうぶ)。** ○○也沒關係。

02 透過例句學習

スケジュールは変更(へんこう)しても構(かま)いません。
變更行程也可以。

ボールペンなら使(つか)っても構(かま)わないです。
原子筆的話也可以用。

これ、あげてもいいよ。
這個可以給你喔。

WORD

スケジュール 行程
変更(へんこう)する 變更
ボールペン 原子筆
～なら 如果～的話
使(つか)う 使用
あげる 給

03 與日本人會話

河口さん

今度(こんど)の旅行(りょこう)の件(けん)なんですけど…。
有關這次旅行的事情…。

どうしたんですか。
怎麼了呢？

それが…、ちょっと都合(つごう)が悪(わる)くなってしまって…。
那個……，因為發生了一點事，所以變得不太方便...。

じゃあ、来月(らいげつ)に延期(えんき)しても構(かま)わないですよ。
那麼延期到下個月也可以喔。

メッセジーを入力

WORD

旅行(りょこう) 旅行
都合(つごう)が悪(わる)い 不方便
来月(らいげつ) 下個月
延期(えんき)する 延期

TIP

都合(つごう)が悪(わる)い

日本人要拒絕約定好的事情，或是突然有事情需要變更日行程時，常常會使用這種講法。

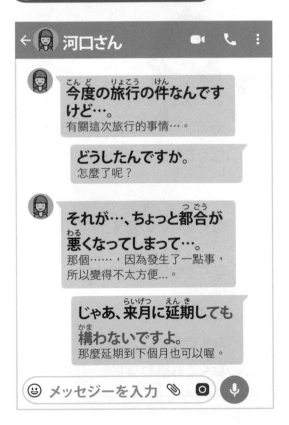

PATTERN 030

Track 030

○○なくてもいいです。

不○○也可以。

這個句型用於允許他人不一定要做某事的情況。和前面所學過的「○○ても構（かま）わないです（～也可以）」的使用方式不同，會接在否定詞「ない」型的後面。所以要記得這個用法也有些許否定的語感。「いいです」是「都可以、沒關係」的意思，也可以換成「構（かま）いません」、「構（かま）わないです」來使用。

01 跟著母語者說

必須使用敬語的對象	**○○なくても構（かま）いません。** 不○○也可以。
關係一般的對象	**○○なくてもいいです。** 不○○也可以。 **○○なくても構（かま）わないです。** 不○○也可以。
關係親近的對象	**○○なくてもいい。** 不○○也行。 **○○なくても構（かま）わない。** 不○○也行。

02 透過例句學習

お返事（へんじ）くださらなくても構（かま）いません。
不用回答也可以。

もうこれから来（こ）なくてもいいです。
從現在開始，不用來也可以。

もう聞（き）いてくれなくてもいいよ。
不用再聽也可以喔。

WORD

返事（へんじ） 回答、回覆
くださる 給
これから 從現在開始
来（く）る 來
聞（き）く 聽、問
～てくれる
（為我）做～

03 與日本人會話

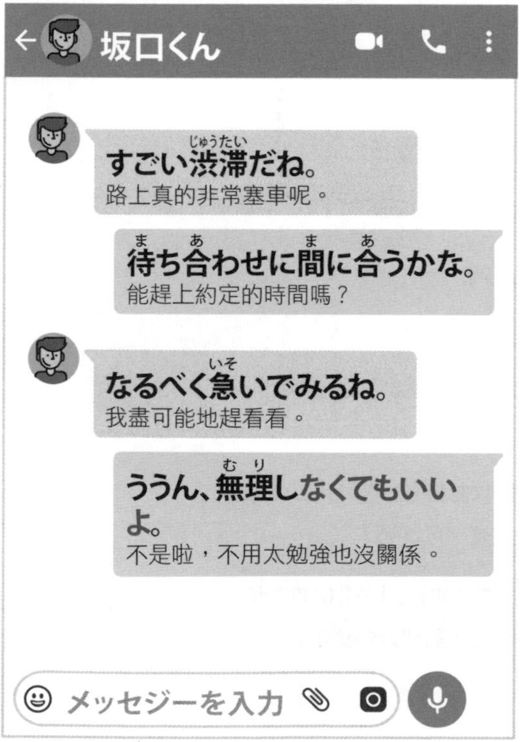

坂口くん
すごい渋滞（じゅうたい）だね。
路上真的非常塞車呢。
待（ま）ち合（あ）わせに間（ま）に合（あ）うかな。
能趕上約定的時間嗎？
なるべく急（いそ）いでみるね。
我盡可能地趕看看。
ううん、無理（むり）しなくてもいいよ。
不是啦，不用太勉強也沒關係。
メッセジーを入力

WORD

渋滞（じゅうたい） 停滯（塞車）
待（ま）ち合（あ）わせ
約定、約會
間（ま）に合（あ）う 準時抵達
なるべく
盡可能、盡量
急（いそ）ぐ 趕快
無理（むり）する 勉強

TIP

待（ま）ち合（あ）わせ

要用日語來表達複數人之間見面的「約定」或「約會」的話通常會使用這個詞。交往中的男女之間的約會則常會用「デート」。

生活日本語

讓我們來熟悉一下在日本當地能夠聽到的必備表達方式吧。

在餐飲店內

1. いらっしゃいませ。

歡迎光臨。

2. 何名様(なんめいさま)ですか。

請問是幾位？

3. こちらへどうぞ。

請往這邊走。

4. すみませんが、今(いま)は満席(まんせき)でございます。

很抱歉，現在客滿。

5. おタバコは吸(す)われますか 。

您抽煙嗎？

6. ご注文(ちゅうもん)はお決(き)まりですか。

請問要點餐了嗎？

7. (ご注文(ちゅうもん))以上(いじょう)でよろしいですか。

點以上的（餐點）就可以了嗎？

8. お冷(ひや)は、ドリンクバーをご利用(りよう)ください。

冷飲請使用飲料吧。

9. お飲(の)み物(もの)は、お食事(しょくじ)と一緒(いっしょ)にお持(も)ちしてよろしいですか。

飲料與餐點準備好後一起上餐，可以嗎？

10. ラストオーダーは○○時(じ)までですが、よろしいですか。

最後的點餐時間到○○點為止，請問沒問題嗎？

Chapter 04

表示請求與允許的表達方式

想要說服對方聽從自己的意見，或者說出自身願望的時候，
應該要如何來表達呢？日語裡有幾種常用的固定的表達方式，
來了解看看要怎麼說，才能說得像日語母語者一樣吧。

PATTERN
031

〇〇ませんか。

要不要〇〇？

Track 031

在向對方提議時最常使用的表達方式。日本講究禮儀，使用委婉的句型會顯得更為自然。如果是跟必須使用敬語的對象交談，會將動詞轉為更為尊敬的型態，變化成像「いらっしゃいませんか（您不去嗎？／您不來嗎？）」等。而如果是在跟關係親近的人對話，只用「ません」並將語尾稍稍上揚，就會有表達疑問的意思。

01 跟著母語者說

必須使用敬語的對象	**〇〇ませんか。** 要不要〇〇？
關係一般的對象	**〇〇ませんか。** 要不要〇〇？ **〇〇ません(↗)。** 不〇〇嗎？ （稍微比較親近一點的關係）
關係親近的對象	**〇〇ないですか。** 要不要〇〇？ （雖然親近但還是需要使用的敬語的關係） **〇〇ない(↗)。** 不〇〇嗎？

02 透過例句學習

一緒(いっしょ)にいらっしゃいませんか。
要不要一起來？

お昼(ひる)食(た)べに行(い)きません(↗)。
要不要去吃中餐？

ねぇ、ちょっとお茶(ちゃ)しない(↗)。
那個，不一起喝杯茶嗎？

WORD

一緒(いっしょ)に 一起、一同
いらっしゃる 來
お昼(ひる) 中餐

TIP

お茶(ちゃ)
原本的意思是指茶，但也可以用來表達其他種類的飲料，但通常不包括含酒精的飲料。

03 與日本人會話

山口さん

今日(きょう)、なんか予定(よてい)ありますか。
今天有什麼預定嗎？

うーん、別(べつ)に何(なに)もないですけど…。
嗯…，是沒有什麼事情啦。

じゃあ、今(いま)から飲(の)みに行(い)きませんか。
那麼，現在不去喝一杯嗎？

メッセジーを入力

WORD

予定(よてい) 預定、約會
別(べつ)に 沒有什麼值得說的
何(なに)もない 什麼都沒有
～けど 是～啦（表示疑慮）
今(いま)から 從現在開始
飲(の)む 喝
～に行(い)く 為了做～而去

TIP

飲(の)みに行(い)く
直譯是「去喝」，但這個表達方式在日本通常是用在邀約對方一起去喝酒的時候。

PATTERN
032 ○○ましょうか。
要不要一起○○？

Track 032

這個句型是在向對方提議時會使用的表達方式，與「ませんか」比起來，當對方看起來較有意願時使用會更為自然。如果是和必須使用敬語的對象交談，則會改說「○○にいたしましょうか」，常用於想詢問對方具體意見的時候。而如果與對方是親密關係的話講「○○（よ）うか」即可。

01 跟著母語者說

必須使用敬語的對象	**○○にいたしましょうか。** 要不要一起○○？
關係一般的對象	**○○ましょうか。** 要不要一起○○？
關係親近的對象	**○○(よ)うか。** 要不要一起○○？

Bonus 與「ませんか」一樣，連接動詞「ます」形。

02 透過例句學習

打(う)ち合(あ)わせ、いつにいたしましょうか。
何時要開會呢？

じゃあ、そろそろ始(はじ)めましょうか。
那麼，差不多該開始了吧？

ここでちょっと休(やす)もうか。
要不要在這裡暫時休息一下？

03 與日本人會話

中村さん

キムさん、野球(やきゅう)好(す)きですよね。
金先生，你喜歡棒球對吧？

ええ。大好(だいす)きです。
是的，非常喜歡。

じゃあ、今度(こんど)一緒(いっしょ)にドームに行(い)きましょうか。
那麼，下次要不要一起去球場呢？

はい、喜(よろこ)んで。
好的，很棒。

メッセジーを入力

WORD

打(う)ち合(あ)わせ 會議、開會
そろそろ 漸漸地
始(はじ)める 開始
休(やす)む 休息

TIP

打(う)ち合(あ)わせ

在日本經常使用，比正式會議形式更簡略的小組會議。

WORD

野球(やきゅう) 棒球
大好(だいす)きだ 非常喜歡
今度(こんど) 這次、下次
ドーム 巨蛋（球場）
喜(よろこ)んで 高興地

TIP

今度(こんど)

原本是「這次」的意思，但也可以用來表示最近的未來的某個時間，也就是「下次」的意思來使用。

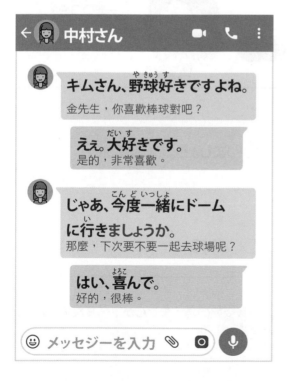

PATTERN
033 ○○ましょう。

一起○○吧。

Track 033

這個句型是假設對方會答應時所使用的表達方式，因此事先詢問對方的意見，在能確定的狀況下使用會更好。尤其若是跟必須使用敬語的對象交談的時候更需要留意，只能使用在已確定對方意志的狀況下。關係親密時，則可以簡單的講「○○（よ）う」。

01 跟著母語者說

必須使用敬語的對象	**○○ましょう。** 一起○○吧。
關係一般的對象	**○○ましょう。** 一起○○吧。
關係親近的對象	**○○(よ)う。** 一起○○吧。

Bonus 「提議」的表達方式之中最委婉的是「ませんか」，其次是「ましょうか」，「ましょう」最為直接。

02 透過例句學習

またお会(あ)いしましょう。
下次再見吧。

もう少(すこ)し急(いそ)ぎましょう。
再趕一點吧。

週末(しゅうまつ)、自転車(じてんしゃ)に乗(の)ろうよ。
週末一起騎腳踏車吧。

WORD

会(あ)う 見面
もう少(すこ)し 稍微再
急(いそ)ぐ 趕快
週末(しゅうまつ) 週末
自転車(じてんしゃ) 腳踏車
～に乗(の)る 搭乘～

03 與日本人會話

中村さん

なんか雨(あめ)が降(ふ)りそうですね。
好像要下雨的樣子呢。

ホント～? 傘(かさ)持(も)ってないのに。
真的嗎～？我沒帶雨傘出來的說…。

雨(あめ)が降(ふ)る前(まえ)に、急(いそ)いで帰(かえ)りましょうか。
在下雨之前，趕快回去吧？

はい、そうしましょう。
好的，就那樣做吧。

メッセジーを入力

WORD

降(ふ)る 降落
傘(かさ) 雨傘
持(も)つ 攜帶、帶著
～前(まえ)に ～之前
帰(かえ)る 回去

TIP

～そうだ

「好像會～」的推測表達方式，主要會和動詞「ます」形連在一起使用。

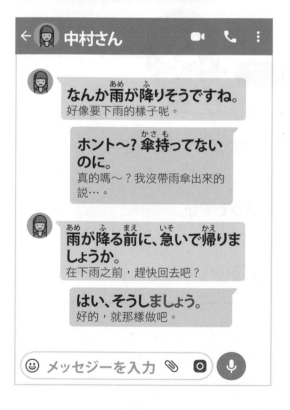

PATTERN

034 どうですか。

如何呢？

Track 034

這個句型原本使用於詢問事物或狀況如何，但是也可以用來表示提議。通常要找對方一起進行某事的時候會加上其他的句型，例如「○○でもどうですか（做個～如何呢？）」、或是「一緒（いっしょ）にどうですか（一起做如何呢？）」，在使用上會更為自然。跟必須使用敬語的對象可以說「いかがですか」，而親密的關係則使用「どう」。

01 跟著母語者說

必須使用敬語的對象	**いかがですか。** 如何呢？
關係一般的對象	**どうですか。** 如何呢？
關係親近的對象	**どう(↗)。** 如何？

02 透過例句學習

明日(あす)、夕食(ゆうしょく)でもご一緒(いっしょ)にいかがですか。

明天晚餐也一起吃，如何呢？

夏休(なつやす)み、一緒(いっしょ)にキャンプでもどうですか。

暑假的時候，一起去露營之如何呢？

今日(きょう)、映画(えいが)でもどう(↗)。

今天去看電影如何呢？

03 與日本人會話

山崎さん

この辺(へん)に、おいしいお寿司(すし)の店(みせ)ありますか。

這附近有好吃的壽司店嗎？

あぁ～、市庁駅(シチョウえき)の近(ちか)くにありますよ。

啊～在市政府站附近有。

じゃあ、今晩(こんばん)一緒(いっしょ)にどうですか。

那麼，今天晚上一起去，如何呢？

メッセジーを入力

WORD

明日(あす) 明天

夕食(ゆうしょく) 晚餐、晚飯

夏休(なつやす)み 暑假

キャンプ 露營

映画(えいが) 電影

TIP

～休(やす)み

有「放假」、「休假」、「假日」等涵義，根據前面加上的名詞的不同，可以用來表示不同種類的假日。

WORD

この辺(へん) 這附近

店(みせ) 店

市庁駅(シチョウえき) 市政府站

近(ちか)く 附近

TIP

今晩(こんばん)

「今日(こんにち)+(ばん)」，指今晚，有時也用「今夜(こんや)」來表達類似的意思。

PATTERN 035

Track 035

よかったら…。

您不介意的話…

這個句型是在勸誘句型當中詢問對方是否介意、最小心慎重的表達方式。並且很常與之前學過的「ませんか」、「ましょうか」等表示提議的句型一起使用。若對方是必須使用敬語的對象的時候，可以使用「よろしかったら」或「よろしければ」來表現禮儀。如果是一般的關係或是親密關係則可以直接講這個句型。

01 跟著母語者說

必須使用敬語的對象	**よろしかったら…。** 您不介意的話… **よろしければ…。** 您不介意的話…
關係一般的對象 關係親近的對象	**よかったら…。** 不介意的話…

02 透過例句學習

よろしければ、明日(あす)伺(うかが)いしましょうか。

您不介意的話，我明天過去拜訪？

よかったら、コンサートに行(い)きませんか。

你不介意的話，要不要去演唱會？

よかったら、家(うち)に遊(あそ)びに来(こ)ない(↗)。

不介意的話，要不要來我們家玩？

WORD

伺(うかが)う 拜訪

コンサート 演唱會

家(うち) 家、我們家

遊(あそ)ぶ 玩耍

～に来(く)る 來○○～

03 與日本人會話

通りがかりの人

あの…、日本(にほん)に来(き)たばかりで、道(みち)が全然(ぜんぜん)分(わ)からなくて…。

那個...因為我來日本才沒過多久，所以對路完全不了解…。

じゃあ、よかったら案内(あんない)しましょうか。

您不介意的話，要不要為您導覽一下呢？

えぇ?お願(ねが)いしてもいいですか。すみません。

真的嗎？可以麻煩您嗎？真不好意思。

メッセジーを入力

WORD

ばかり 只有、剛剛

道(みち) 道路

全然(ぜんぜん) 完全不

分(わ)からない 不知道

案内(あんない)する 導覽

お願(ねが)いする 麻煩您了

～てもいい 做～也可以嗎？

TIP

～たばかりだ

「ばかり」前接名詞的話，是「只有～」、「～左右」等意思，前面接動詞過去式的話，就會變成「剛剛」的意思。

PATTERN 036

Track 036

○○たいです。

想做○○。

這個句型是用來表示自身願望的表達方式。在敘說自己想要做什麼的時候，可以接在動詞「ます」型後面使用。對方是必須使用敬語的對象的時候，也可以使用，但必須使用敬語形態。而在親近的關係當中，可以直接講「○○たい」。也可以在這句型前面加上「是非（一定、必須）」或是「絶対（一定、絕對）」等等來強調希望的程度。

01 跟著母語者說

必須使用敬語的對象	**○○たいです。** 想做○○。
關係一般的對象	**○○たいです。** 想做○○。
關係親近的對象	**○○たい。** 想做○○。

02 透過例句學習

是非(ぜひ)お目(め)にかかりたいです。
非常想見面。

機会(きかい)があれば、行(い)ってみたいです。
如果有機會的話，很想去去看。

今度(こんど)こそ、絶対合格(ぜったいごうかく)したい。
這次真的絶對要合格。

WORD

是非(ぜひ) 一定、務必
お目(め)にかかる 見面
機会(きかい) 機會
今度(こんど)こそ 這次真的
絶対(ぜったい) 一定、絕對
合格(ごうかく)する 合格

03 與日本人會話

山口さん

今年(ことし)ももうすぐ終(お)わりですね。
今年也馬上就要結束了呢。

1年(ねん)があっという間(ま)ですね。
一年一瞬間就過了。

来年(らいねん)の目標(もくひょう)がありますか。
有明年的目標嗎？

頑張(がんば)って、日本(にほん)の会社(かいしゃ)に就職(しゅうしょく)したいです。
想要再加油，去日本的公司上班。

メッセジーを入力

WORD

もうすぐ 馬上
終(お)わり 結束
あっという間(ま) 一瞬間
来年(らいねん) 明年
目標(もくひょう) 目標
頑張(がんば)る 加油
就職(しゅうしょく)する 就職

TIP

あっという間(ま)

由「あっ（啊）」與「という（說～的）」與「間(ま)（之間）」所構成的表達方式，合起來就是「說『啊』的時間中」，指的是極短的瞬間。

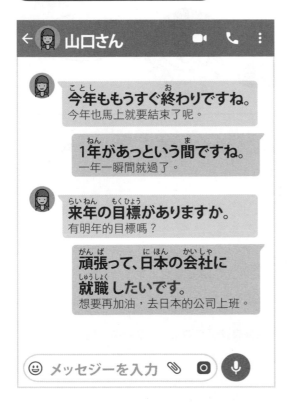

PATTERN 037

Track 037

○○てほしいです。

希望你能做○○。

這個句型用來表達希望對方去做某事，通常會接在動詞「て」型後面，一般是用來表達「希望對方為我做○○」，但也可以是「如果對方幫我做○○就好了」的意思。由於是在向對方要求，若對方是必須使用敬語的對象的時候，最好改使用接在動詞「ます」型後面的「○○たく存（ぞん）じます」這類帶有謙讓之意的句型會更為妥當。

01 跟著母語者說

必須使用敬語的對象	**○○たく存（ぞん）じます。** 希望您能做○○。
關係一般的對象	**○○てほしいです。** 希望你能做○○。
關係親近的對象	**○○てほしい。** 希望你能做○○。

Bonus　「ほしい」是形容詞，用來表達「想要」、「想擁有」的意思。

02 透過例句學習

ご連絡いただきたく存じます。
希望您能聯絡我。

真剣に考えてほしいです。
希望你能認真考慮。

私の気持ち、分かってほしいよ。
希望你能了解我的心意。

WORD

真剣だ 認真
考える 考慮
気持ち 心意、心情
分かる 知道

03 與日本人會話

木村さん

あの、田中さん。英語得意ですか。
那個，田中先生，你擅長英文嗎？

え?あまり自信ないですけど…。
啊？我沒什麼自信…。

この文章の意味、教えてほしいんですけど…。
希望你教我這文章的意思…。

ん…、一緒に調べてみましょう。
嗯，一起查看看吧。

メッセジーを入力

WORD

得意だ 擅長
自信 自信
文章 文章
意味 意思
教える 教
調べる 調查

TIP

「得意だ」與「上手だ」

因為「得意だ」是自信的表現，所以對自己、對別人都可以使用，但是「上手だ」是讚賞表揚的表達方式，所以比較不會用在自己身上。

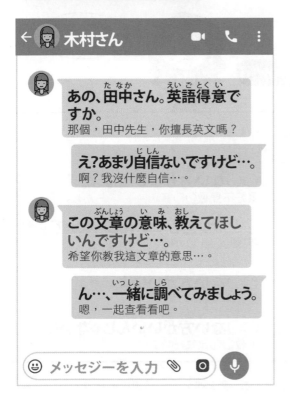

PATTERN

038 ○○ない方がいいですよ。

Track 038

最好不要做○○喔。

這個句型是在勸告對方不要做某事時會使用的表達方式，但如果跟對象是必須使用敬語的關係的話應盡量避免使用。對關係一般或是親近的對象使用這句的話通常是為了對方好，而建議他不要這樣做。「○○ない方がいいんじゃないですか」這樣講法則帶有詢問對方意見的感覺，是較婉轉的表達方法。

01 跟著母語者說

必須使用敬語的對象	（不會對這類對象使用。）
關係一般的對象	**○○ない方がいいですよ。** 最好不要做○○喔。 **○○ない方がいいんじゃないですか。** 不做○○比較好吧？
關係親近的對象	**○○ない方がいいよ。** 最好不要做○○喔。 **○○ない方がいいんじゃない(↗)。** 不做○○比較好吧？

Bonus 因為是比較直接的表達方式，所以要注意不要冒犯到對方。

02 透過例句學習

あまり飲み過ぎない方がいいですよ。
最好不要過量飲酒。

空気が悪いので、窓を開けない方がいいですよ。
因為外面空氣很糟，所以不要開窗比較好。

お金を無駄遣いしない方がいいんじゃない(↗)。
不要浪費錢比較好吧？

WORD

あまり 非常、太
飲む過ぎる 過量飲酒
空気 空氣
悪い 很糟
窓 窗戶
開ける 打開
お金 錢
無駄遣いする 浪費

03 與日本人會話

中村さん

またスマホでゲームしてるんですか。
又在用智慧型手機玩遊戲了嗎？

ええ、最近このゲームにはまっちゃって。
是的，因為最近很著迷這個遊戲。

でも、あまりスマホ使わない方がいいですよ。
但是，不要太常使用智慧型手機比較好喔。

メッセジーを入力

WORD

スマホ 智慧型手機（「スマートフォン」的略縮語）
ゲームする 玩遊戲
使う 使用

TIP

～にはまる
用於自己所喜歡的事情上面，表示「陷入」、「迷上」等的意思。

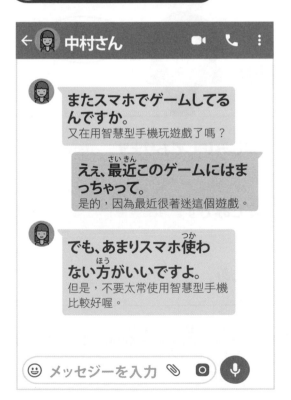

PATTERN 039

Track 039

楽しみです。

我好期待。

這個句型用來陳述對即將發生的事感到期待的表達方式。不只限用於與自己相關的事，想要表示對於對方的期待也可以使用。容易混淆的相似句型有「楽しい（愉快的）」、「楽しむ（享受）」等單字，「楽しみ」主要是表示「快樂」，作為名詞使用，也和「楽しみだ」一樣可以表示「愉快的、令人期待的」之意，作為形容詞使用。

01 跟著母語者說

必須使用敬語的對象	**楽しみにしております。** 我好期待。
關係一般的對象	**楽しみです。** 我好期待。
關係親近的對象	**楽しみ。** 我好期待。

Bonus 如果使用「期待（期待）」一詞，在日語中會顯得相當彆扭，所以最好使用「楽しみ」一詞。

02 透過例句學習

またお会(あ)いできることを楽(たの)しみにしております。

期待能夠再次見面。

子供(こども)の将来(しょうらい)が楽(たの)しみです。

好期待孩子的未來。

修学旅行(しゅうがくりょこう)、楽(たの)しみだね。

好期待校外教學。

WORD

子供(こども) 孩子

将来(しょうらい) 將來

修学旅行(しゅうがくりょこう) 校外教學

03 與日本人會話

坂口くん

最近(さいきん)、イビョンホンのドラマ見(み)てる?

最近有看李秉憲演的連續劇嗎？

うん、もちろん。かっこいいよね。

嗯，那還用說，很帥對吧。

今後(こんご)の展開(てんかい)が楽(たの)しみだよね。

真期待接下來的劇情發展呢。

もう待(ま)ちきれないなぁ。

真的再也等不及啦。

WORD

ドラマ 連續劇

もちろん 當然

かっこいい 很帥

今後(こんご) 接下來

展開(てんかい) 發展

もう 已經、現在

TIP

～きれない

再加上動詞的「ます」型。表示「無法再～」的意思。

PATTERN 040

Track 040

○○はずです。

應該會○○。

這個句型表示推測，主要在對於某事感到確信或是帶有正面想法時會使用的表達方式。但有時候當事情不盡如人意時，也會用來安慰自己或是他人。如果跟說話對象是必須使用敬語的關係，為了避免沒有百分之百把握的推測導致誤會，通常會避免使用。

01 跟著母語者說

必須使用敬語的對象	（不會對這類對象使用。）
關係一般的對象	**○○はずです。** 應該會○○。
關係親近的對象	**○○はずだよ。** 應該會○○。 **○○はず。** 應該會○○。

02 透過例句學習

もうすぐ電車(でんしゃ)が来(く)るはずです。

電車應該馬上就要來了。

まだ空室(くうしつ)があるはずです。

應該還有空房間。

努力(どりょく)すれば、きっと上手(じょうず)になるはずだよ。

努力的話，應該可以做得更好的。

WORD

もうすぐ 馬上
電車(でんしゃ) 電車
来(く)る 來
空室(くうしつ) 空房
努力(どりょく)する 努力
きっと 一定
上手(じょうず)だ 擅長
～になる 變得～的

03 與日本人會話

小川さん

彼(かれ)と喧嘩(けんか)でもしたんですか。
妳跟男朋友吵架了嗎？

ええ、もう3日(みっか)も連絡(れんらく)してないんです。
是的，已經三天都沒聯絡了。

先(さき)に謝(あやま)れば、すぐ仲直(なかなお)りできるはずですよ。
先道歉的話，應該馬上就能和好的喔。

メッセジーを入力

WORD

彼(かれ) 他、男朋友
喧嘩(けんか) 吵架、口角
謝(あやま)る 道歉
仲直(なかなお)り 和好
できる 可以做到

TIP

「彼(かれ)」與「彼女(かのじょ)」

雖然是第三人稱的代名詞，但也可以用來表示「男朋友」和「女朋友」。

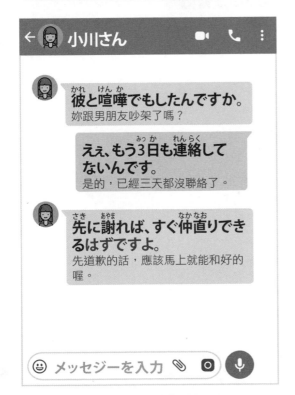

生活日本語

讓我們來熟悉一下在日本當地能夠聽到的必備句型吧。

在速食餐廳/便利商店內

1. 店内(てんない)でお召(め)し上(あ)がりですか、お持(も)ち帰(かえ)りですか。

請問是內用嗎？還是外帶呢？

2. サイズはどうなさいますか。

請問要什麼大小的？

3. 単品(たんぴん)でよろしいですか。

請問是要單點嗎？

4. 出来(でき)ましたら、番号(ばんごう)でお呼(よ)びいたします。

餐點準備好後，會呼叫您的號碼。

5. お席(せき)までお持(も)ちいたします。

為您帶位。

6. 温(あたた)めますか。

請問要加熱嗎？

7. お箸(はし)お付(つ)けしますか。

請問需要筷子嗎？

8. 袋(ふくろ)はご利用(りよう)ですか。

請問需要袋子嗎？

9. ポイントカードはお持(も)ちですか。

請問有帶點數卡嗎？

10. お会計(かいけい)○○円(えん)でございます。

總共是○○元。

Chapter
05

表示歉意與原諒的表達方式

由於日本人非常害怕給其他人造成麻煩，所以當自己犯錯時都會非常鄭重地道歉。也因為這樣的文化特色，表示歉意與原諒的表達句型十分地多樣化。讓我們一起來看看有哪些表達方式吧。

PATTERN 041 Track 041

すみません。

對不起。

這個句型是在道歉時最常使用的表達方式。為了發音方便，也常常講成「すいません」，但是因為會給人比較隨便的感覺，所以使用時要注意場合和對方的身份。如果跟對方是必須使用敬語的關係，最好使用「申(もう)し訳(わけ)ございません」、「申(もう)し訳(わけ)ありません」。另外，有禮貌地向對方表達感謝之意時也很常使用「すみません」。

01 跟著母語者說

必須使用敬語的對象	**申(もう)し訳(わけ)ございません。** 很抱歉。 （最有禮貌的表現） **申(もう)し訳(わけ)ありません。** 很抱歉。
關係一般的對象	**すみません。** 對不起。 **すいません。** 對不起。 （稍微比較親近的關係）
關係親近的對象	**申(もう)し訳(わけ)ない。** 不好意思。 （主要是男性使用） **すまない。** 不好意思。（主要是男性使用） **すまん。** 不好意思。（主要是男性使用）

02 透過例句學習

ご連絡(れんらく)遅(おそ)くなり申(もう)し訳(わけ)ございません。
這麼晚才聯絡，很抱歉。

わざわざ来(き)てもらってすみません。
特地為了我而來，對不起。

心配(しんぱい)かけてすまない。
讓你擔心了，不好意思。

WORD

わざわざ 特地
来(く)る 來
心配(しんぱい)(を)かける
引起擔心

03 與日本人會話

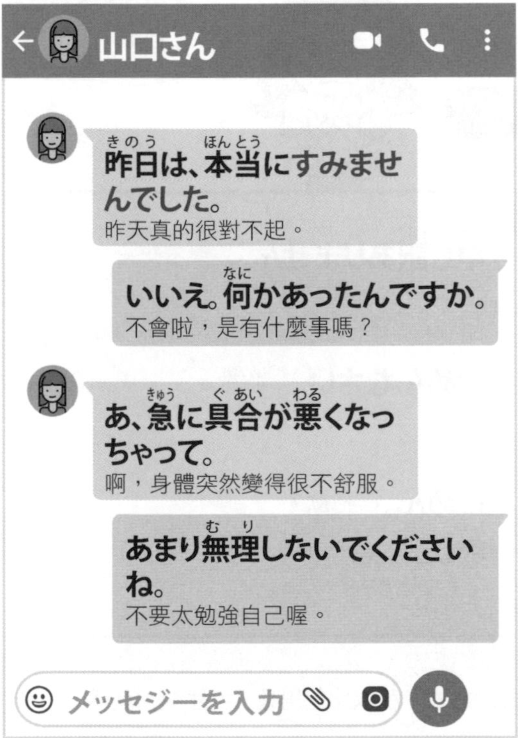

山口さん
昨日(きのう)は、本当(ほんとう)にすみませんでした。
昨天真的很對不起。
いいえ。何(なに)かあったんですか。
不會啦，是有什麼事嗎？
あ、急(きゅう)に具合(ぐあい)が悪(わる)くなっちゃって。
啊，身體突然變得很不舒服。
あまり無理(むり)しないでくださいね。
不要太勉強自己喔。
メッセジーを入力

WORD

何(なに)か 什麼事、什麼
急(きゅう)に 突然地
あまり 非常、過份地
無理(むり)する 勉強
～ないでください
請不要～

TIP

具合(ぐあい)が悪(わる)い
「具合(ぐあい)」是表示身體的狀態，但和「調子(ちょうし)」一樣也可以用來表示心理的狀態。要表示狀況不好時可以用「悪(わる)い」。

PATTERN 042

Track 042

ごめんなさい。

抱歉。

這個句型與「すみません」一樣用於向他人道歉的時候。但是因為有些許隨便的語感在其中，所以不建議對必需使用敬語的對象使用，而改用「すみません」或相同涵義的「申(もう)し訳(わけ)ありません」會比較好。在親近的關係當中可以說「ごめん」，也常有人會講「悪(わる)い」來道歉。

01 跟著母語者說

必須使用敬語的對象	**申(もう)し訳(わけ)ありません。** 對不起。
關係一般的對象	**ごめんなさい。** 抱歉。
關係親近的對象	**ごめん。** 抱歉。 **悪(わる)い。** 抱歉。 （主要是男性使用）

Bonus 因為這是比較溫柔的表達方式，所以比起男性，女生更常使用。

02 透過例句學習

お役(やく)に立(た)てず、申(もう)し訳(わけ)ありません。
抱歉，沒幫上忙。

待(ま)たせてごめんなさい。
抱歉讓你久等了。

嘘(うそ)ついてごめん。
抱歉說了謊。

03 與日本人會話

村上さん

メール確認(かくにん)しましたか。
你看過郵件了嗎？

あ…、まだ確認(かくにん)していません。
啊…，還沒確認。

じゃあ、確認(かくにん)次第(しだい)お返事(へんじ)ください。
那麼確認完之後，請馬上回覆我。

はい、遅(おそ)くなってごめんなさい。
是的，抱歉拖晚了。

メッセジーを入力

WORD

～ず 不做、沒做～
待(ま)たせる 使～等待
嘘(うそ)つく 說謊話

TIP

役(やく)に立(た)つ
有所幫助、有所用處的意思，因為很容易用錯地方，需特別留意。

WORD

確認(かくにん)する 確認
まだ 還
～次第(しだい) ～之後
返事(へんじ) 回答、回覆

TIP

メール
通常用來表示電子郵件，但在日語當中也很常作為「文字簡訊」的意思使用。

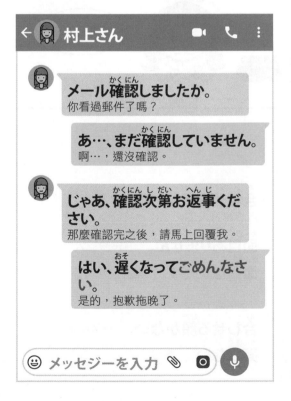

PATTERN 043

Track 043

合(あ)わせる顔(かお)がありません。

真沒臉見人了。

「合(あ)わせる」是使見面的意思，「顔(かお)」則是臉的意思，因此這個句型是用來表達「無顏面對、沒臉見人」。這個表達方式主要是用在犯下重大過失，或是因為太丟臉而無法與對方見面向對方表達歉意時所使用。相似的表達方式有「面目(めんぼく)ありません」。並不是正式的道歉，所以對商務往來的對象應盡量避免使用。

01 跟著母語者說

必須使用敬語的對象	（不會對這類對象使用。）
關係一般的對象	**合(あ)わせる顔(かお)がありません。** 真沒臉見人了。 **面目(めんぼく)ありません。** 真沒臉見人了。 **面目(めんぼく)ないです。** 真沒臉見人了。
關係親近的對象	**合(あ)わせる顔(かお)がない。** 真丟臉。 **面目(めんぼく)ない。** 真丟臉。

02 透過例句學習

怒(おこ)らせてしまって、合(あ)わせる顔(かお)がありません。
惹的他生氣，真沒臉再見了。

こんな失敗(しっぱい)をするなんて、面目(めんぼく)ないです。
竟然犯下這種錯誤，真沒臉見人了。

恥(は)ずかしくて、彼(かれ)に合(あ)わせる顔(かお)がないよ。
太羞愧了，真沒臉見他。

03 與日本人會話

ケンちゃん

昨日(きのう)の試合(しあい)どうだった?
昨天的比賽比的如何？

あ、それが…。
啊……那個…。

もしかして、負(ま)けたの?
難道輸了？

うん。私(わたし)のミスで負(ま)けちゃって、みんなに合(あ)わせる顔(かお)がないよ。
嗯，因為我的失誤而輸了，真沒臉見大家。

メッセジーを入力

WORD

怒(おこ)らせる 惹怒
こんな 這種的
失敗(しっぱい) 失誤、失敗
～なんて 因為做～、因為是～
彼(かれ) 那、那個人

TIP

恥(は)ずかしい

表示「羞愧、丟臉」之意，經常和表示歉意的句型一起使用。

WORD

試合(しあい) 競賽、比賽
もしかして 難道
負(ま)ける 輸
ミス 失誤
みんな 大家

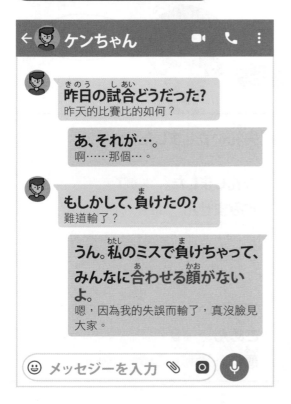

PATTERN 044

Track 044

失礼(しつれい)しました。

失禮了。

這個句型主要用在自己做出失禮的舉動或是發言後向對方表示歉意的時候。如果對方是必須使用敬語的對象，可以使用「失礼(しつれい)いたしました」，但在使用上須注意這並不是正式的道歉。而如果與對方是較親近的關係，通常使用「すみません」或「ごめんなさい」。

01 跟著母語者說

必須使用敬語的對象	**失礼(しつれい)いたしました。** 失禮了。
關係一般的對象	**失礼(しつれい)しました。** 失禮了。 **すみません。** 抱歉。 （稍微再更親近一點的關係） **ごめんなさい。** 對不起。 （稍微再更親近一點的關係）
關係親近的對象	**すまない。** 抱歉。（主要是男性使用。） **ごめん。** 抱歉。 **悪(わる)い。** 抱歉。（主要是男性使用。）

02 透過例句學習

お邪魔(じゃま)して失礼(しつれい)いたしました。

打擾您，失禮了。

わざわざおいでくださったのに、先日(せんじつ)は不在(ふざい)で失礼(しつれい)しました。

上一次您特意過來我卻不在，真是失禮了。

昨日(きのう)は突然(とつぜん)、失礼(しつれい)しました。

昨天這麼突然，失禮了。

WORD

邪魔(じゃま)する 妨礙、造訪

わざわざ 特意

おいでくださる 造訪（我）

～のに 卻

先日(せんじつ) 上一次、過去的某天

不在(ふざい) 不在

突然(とつぜん) 突然

03 與日本人會話

中村さん

昨日(きのう)は楽(たの)しかったですね。

昨天很開心呢。

えぇ、こちらこそ。

是的，我才是。

何(なん)のお構(かま)いもできず失礼(しつれい)しました。

沒能好好招待你，真是失禮了。

いいえ、とんでもないです。

哎呀，哪裡的話。

メッセジーを入力

WORD

楽(たの)しい 開心的

こちらこそ 我才是

何(なん)の 什麼、什麼樣的

お構(かま)い 招待

～ず 不做所以～、不做而且

TIP

とんでもない

可用來表示「不會、哪裡哪裡」的意思。

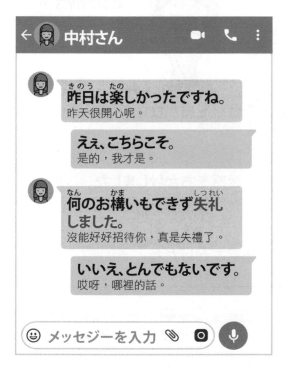

PATTERN 045

Track 045

ご迷惑をおかけしました。

給您添麻煩了。

這個句型是用於表示給對方造成麻煩時所使用的表達方式。和「すみません」一樣通常會和表示歉意的句子一起搭配使用。如果彼此之間只是必須使用敬語的關係，可以使用像「ご迷惑をおかけいたしました」比較正式的用法。若關係親近，可以省略「ご」，直接講「迷惑をかけたね」。

01 跟著母語者說

必須使用敬語的對象	**ご迷惑をおかけいたしました。** 給您添麻煩了。
關係一般的對象	**ご迷惑をおかけしました。** 麻煩你了。
關係親近的對象	**迷惑をかけたね。** 麻煩你了。

Bonus 日本文化很忌諱給別人造成麻煩，如果做錯了事而麻煩到別人的話，建議好好正式地道歉。

02 透過例句學習

先日(せんじつ)は、大変(たいへん)ご迷惑(めいわく)をおかけいたしました。

上次真麻煩您了。

ご迷惑(めいわく)をおかけして、すみませんでした。

給你添麻煩，很抱歉。

色々(いろいろ)と迷惑(めいわく)をかけたね。

給你添很多麻煩了。

WORD

大変(たいへん) 非常、很

色々(いろいろ)と

各式各樣、各種

TIP

すみませんでした

「すみません」如果加上表示過去的「でした」連接使用，則會變成非常對不起的意思。

03 與日本人會話

中村さん

無事(ぶじ)に終(お)わりましたね。

順利地結束了。

はい、おかげさまで。

是的，托您的福。

いえいえ、またいつでも！

沒的事，無論何時我都可以再幫你。

じゃあ、またご迷惑(めいわく)をおかけするかもしれませんが、よろしくお願(ねが)いします。

那麼，說不定以後還會再麻煩您，但今後也請多多指教了。

メッセジーを入力

WORD

無事(ぶじ)に 順利地

終(お)わる 結束

おかげさまで

托您的福

いつでも 無論何時

～かもしれない

說不定～

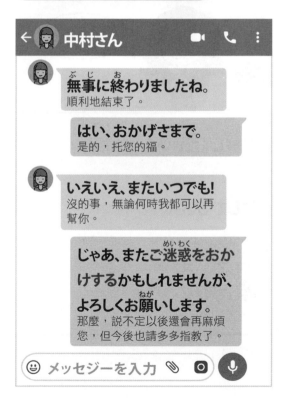

Track 046

PATTERN 046

許(ゆる)してください。

請原諒我。

「許(ゆる)す」是表示允許的意思，這是在請求對方原諒時最常使用的句型。跟嚴肅的致歉比起來，這句話稍微沒有那麼正式。如果對方是必須使用敬語的對象，建議使用更正式的「お許(ゆる)しください」。在親密關係當中可以省略「ください」，直接使用「許(ゆる)して」。

01 跟著母語者說

必須使用敬語的對象	**お許(ゆる)しください。** 請原諒我。
關係一般的對象	**許(ゆる)してください。** 請原諒我。
關係親近的對象	**許(ゆる)して。** 原諒我。 **許(ゆる)してくれ。** 原諒我。 （主要是男性使用）

02 透過例句學習

メールでのご連絡(れんらく)お許(ゆる)しください。
請原諒我只以電子郵件的方式聯絡您。

反省(はんせい)しているので、許(ゆる)してください。
我在反省了，請原諒我。

そんなに怒(おこ)らないで、許(ゆる)してよ。
別那麼生氣了，原諒我吧。

WORD

メール 郵件（電子郵件）
反省(はんせい)する 反省
怒(おこ)る 生氣

03 與日本人會話

小川さん

昨日(きのう)、ひどいこと言(い)っちゃってごめんなさい。
昨天說了重話，對不起。

あぁ、もういいですよ。
啊，算了吧。

悪気(わるぎ)があったわけじゃないので、許(ゆる)してください。
我並不是故意的，請原諒我。

もう謝(あやま)らなくてもいいですよ。
可以不用道歉了啦。

メッセジーを入力

WORD

ひどいこと 嚴重的事、過分的事
言(い)う 說
もういい 已經可以了、已經沒關係了
悪気(わるぎ) 惡意、故意
謝(あやま)る 道歉

TIP

～わけじゃない

意為「並不是～」，通常連接動詞的普通型，表示「並不是因為～才那樣做的」的意思。

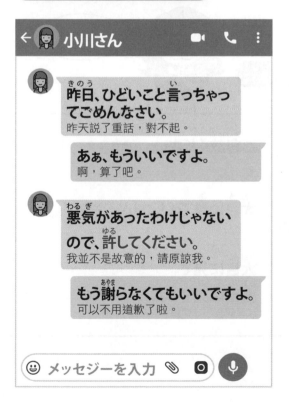

PATTERN 047

Track 047

大目(おおめ)に見(み)てください。

請多多包涵。

這個句型用於請求寬恕，並有請求對方諒解失誤和不足之處的意思。但是這個用法主要使用於親近關係當中，如果彼此只是必須使用敬語的關係的話，建議使用更正式的「ご容赦(ようしゃ)ください」。而如果是較為親近的關係，可以省略「ください」，直接使用「大目(おおめ)に見(み)て」。

01 跟著母語者說

必須使用敬語的對象	**ご容赦(ようしゃ)ください。** 敬請多多包涵。
關係一般的對象	**大目(おおめ)に見(み)てください。** 請見諒。
關係親近的對象	**大目(おおめ)に見(み)て。** 放過我吧。 **大目(おおめ)に見(み)てくれ。** 放過我吧。 （主要是男性使用）

02 透過例句學習

ご容赦(ようしゃ)くださいますようお願(ねが)い申(もう)し上(あ)げます。
請您多多包涵。

子供(こども)のいたずらですから、大目(おおめ)に見(み)てください。
只是小孩的惡作劇，請見諒。

そこを何(なん)とか、大目(おおめ)に見(み)てよ。
無論如何請你放過我吧。

WORD

お願(ねが)い 拜託
申(もう)し上(あ)げる 稟告
子供(こども) 小孩
いたずら 惡作劇

03 與日本人會話

なつ

明日(あした)のテストの勉強(べんきょう)した？
明天的考試準備好了嗎？

ううん。ぶっつけ本番(ほんばん)でやるよ。
不，我沒準備就要去考了。

えぇ！あの先生(せんせい)厳(きび)しいから、大目(おおめ)に見(み)てくれないよ。
什麼？那個老師很嚴格，不會輕易放過你的喔。

まぁ、何(なん)とかなるでしょ。
沒關係啦，總是有辦法的。

メッセジーを入力

WORD

テスト 考試、測驗
勉強(べんきょう)する 唸書
厳(きび)しい 嚴格
まぁ 沒關係、沒什麼
何(なん)とかなる 船到橋頭自然直

TIP

ぶっつけ本番(ほんばん)
主要用來表示在事前毫無準備的狀態下直接面對某件事。

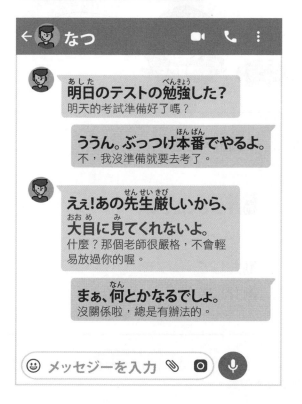

Track 048

PATTERN 048

勘弁(かんべん)してください。

請饒了我。

這個句型主要用於表達請求對方的原諒，但比起單純地請求寬恕，這種表達方式更有長期以來得不到對方的諒解，但希望現在對方可以放下的涵義。若對方是必須使用敬語的對象的時候，可使用更正式的「ご勘弁(かんべん)ください」，而親近關係當中則可以省略「ください」，簡略成「勘弁(かんべん)して」。

01 跟著母語者說

必須使用敬語的對象	**ご勘弁(かんべん)ください。** 請原諒我。
關係一般的對象	**勘弁(かんべん)してください。** 請饒了我。
關係親近的對象	**勘弁(かんべん)して。** 饒了我。 **勘弁(かんべん)してくれ。** 饒了我吧。 （主要是男性使用）

Bonus 也可以用來婉轉拒絕別人的要求，但這種用法的語中會帶有一點被對方強求的委屈感，有點不太禮貌。

02 透過例句學習

私(わたし)のミスです。どうかご勘弁(かんべん)ください。

這是我的失誤，拜託請見諒。

今回(こんかい)は、これで勘弁(かんべん)してください。

這次這樣就請饒了我吧。

悪(わる)かった。もう勘弁(かんべん)してよ。

我錯了，事到如今就饒了我吧。

WORD

ミス 失誤

どうか 拜託

今回(こんかい) 這次

これで 這樣

03 與日本人會話

山口さん

明日(あした)の約束(やくそく)、覚(おぼ)えてますよね。
明天的約會，你還記得吧？

もちろんですよ。
當然呀。

でも、この前(まえ)ドタキャンしたじゃないですか。
但是，你上次不是突然就爽約了嗎。

あ…、すみません。もう勘弁(かんべん)してください。
啊…，很抱歉。事到如今請妳饒了我吧。

メッセジーを入力

WORD

約束(やくそく) 約定

覚(おぼ)える 記得、背

もちろん 當然

ドタキャン
突然取消約定

～じゃないですか
～不是嗎

TIP

ドタキャンする

「ドタ」是「土壇場(どたんば)」的略語，意指最後關頭，而則「キャン」是「キャンセル」的略語，表示取消，兩個略語加起來就是「在最後關頭取消」。也可以搭配「する」做為動詞使用。

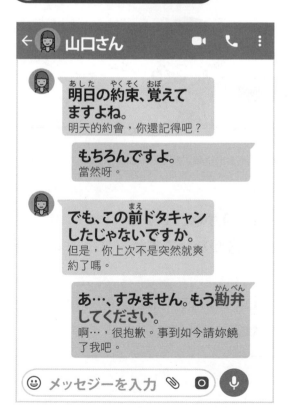

PATTERN 049

Track 049

しょうがないですね。

真沒辦法呢。

這個句型是從表示「沒辦法」之意的「仕様(しよう)がない」所衍伸出來的表達方式。可以使用於放棄某事物、原諒、或是接受不好的狀況。相似的表達方式有「仕方(しかた)がない」。在本句的最後經常加上表示情緒的「ね」、「な」等感歎詞。但如果彼此之間只是必須使用敬語的關係的話，應盡量避免使用。

01 跟著母語者說

必須使用敬語的對象	（不會對這類對象使用。）
關係一般的對象	**しょうがないですね。** 真沒辦法呢。 **仕方(しかた)がないですね。** 真沒辦法呢。
關係親近的對象	**しょうがないね(な)。** 真沒辦法呢。 **仕方(しかた)がないね(な)。** 真沒辦法呢。

02 透過例句學習

過(す)ぎた事(こと)は、しょうがないですね。
過去的事，也沒辦法了吧。

今更(いまさら)、仕方(しかた)がないでしょ。
事到如今，也沒辦法了吧。

まったく、しょうがないな。
真是的，真沒辦法呢。

WORD

過(す)ぎた事(こと) 過去的事
今更(いまさら) 事到如今
まったく 真的是、真的

03 與日本人會話

マッちゃん

今週(こんしゅう)、ずっと雨(あめ)らしいよ。
聽說這禮拜會一直下雨。

えぇ～！やっぱり旅行(りょこう)キャンセルすればよかったなぁ。
什麼～？果然應該取消旅行的啊～

そんな事(こと)、今更(いまさら)言(い)ってもしょうがないよ。
事到如今，說這個也沒用了吧。

だよね。まぁ行(い)くしかないね。
對啊，除了去也沒別的辦法了。

メッセジーを入力

WORD

ずっと 一直
雨(あめ) 雨
旅行(りょこう) 旅行
キャンセルする 取消
まぁ 什麼、就那樣
～しかない 除了～之外也沒別的辦法了

TIP

～ばよかった
這個句型用來表示像是「早知道應該～、應該～比較好」等等的後悔之意。

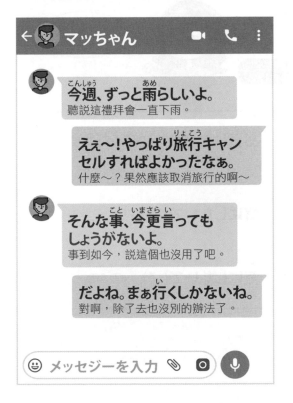

PATTERN 050

Track 050

気にしないでください。

請別介意。

「気にしないで」是「気にする（介意）」的否定型態，不只帶有原諒的涵義，也有照顧到對方心情的意思。若對方是必須使用敬語的對象的話，可改說「お気になさらないでください」。而如果是親近關係的話，可以在語尾加上「ね」或「よ」一起使用，語氣會更溫和。

01 跟著母語者說

必須使用敬語的對象	**お気になさらないでください。** 請您不要介意。
關係一般的對象	**気にしないでください。** 請別介意。
關係親近的對象	**気にしないで(↗)。** 別介意。

02 透過例句學習

その件(けん)に関(かん)しては、どうぞお気(き)になさらないでください。

關於那件事，請您千萬不要介意。

彼(かれ)が言(い)った事(こと)は気(き)にしないでください。

請不要介意他說的話。

私(わたし)の事(こと)は気(き)にしないでね。

不要介意我的事。

03 與日本人會話

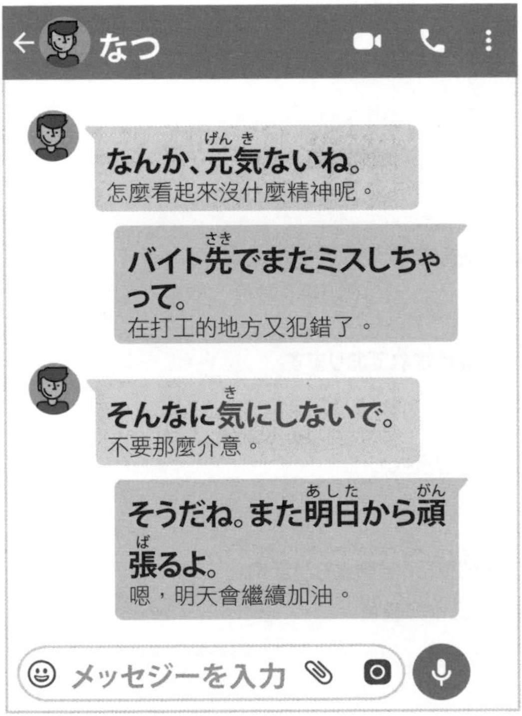

なつ
なんか、元気(げんき)ないね。
怎麼看起來沒什麼精神呢。
バイト先(さき)でまたミスしちゃって。
在打工的地方又犯錯了。
そんなに気(き)にしないで。
不要那麼介意。
そうだね。また明日(あした)から頑張(がんば)るよ。
嗯，明天會繼續加油。
メッセジーを入力

WORD

件(けん) 事情

～に関(かん)しては 關於～

どうぞ 千萬、拜託

TIP

～事(こと) / ～こと

「事(こと)」是表示「事情、事物」的意思，與第一人稱代名詞「私(わたし)」一起使用時，則表示「與我相關的事物」。

WORD

元気(げんき)(が)ない

沒有精神

バイト先(さき)

打工（的地方）

頑張(がんば)る 加油

TIP

～先(さき)

「先(さき)」是「～地、～處、～場所」的意思，連接在名詞後面使用即可表示「進行～事的地方」。

生活日本語

讓我們來熟悉一下在日本當地能夠聽到的必備句型吧。

在觀光景點1 在神社、寺廟、城堡、公園等

1. **観光案内所で中国語のパンフレットをもらえます。**

   在觀光導覽處可以拿到中文版的導覽手冊。

2. **学生割引ができます。**

   學生可以打折。

3. **入館は閉館時間の30分前までにお願いします。**

   最後的入場時間為閉館前的三十分鐘前。

4. **芝生に入らないでください。**

   請不要進入草皮區。

5. **餌をやらないでください。**

   請不要餵食。

6. **手を触れないでください。**

   請不要觸摸。

7. **館内では飲食禁止になっております。**

   館內禁止飲食。

8. **館内(場内)での写真撮影は禁止されております。**

   館內（場內）禁止拍照攝影。

9. **館内(場内)での喫煙はご遠慮ください。**

   館內（場內）禁止吸煙。

10. **退場時間は営業終了時間の30分後となります。**

    最後的離場時間為閉館時間的三十分鐘後。

Chapter 06

表示感謝與關心的表達方式

感謝與關心對於不喜歡給人添麻煩的日本人來說，是非常重要的表達方式。
如果有想要向對方表達感謝的事情，一定會在致謝的同時考慮到對方的心情，
日本人認為這是一種禮貌。那麼就讓我們來看看，有哪些表達的方式吧。

PATTERN 051

Track 051

ありがとうございます。

謝謝。

這是在日常生活當中最常使用的感謝詞。如果彼此之間只是必須使用敬語的關係，搭配更正式的「誠(まこと)に（真心地）」等副詞一起使用會更合適。而如果是親近的關係，則可以說「ありがとう」或是更隨意地使用從英語來的「サンキュー（Thank you）」。也可以轉換成動詞過去型態的「ありがとうございました」來表示過去。

01 跟著母語者說

必須使用敬語的對象	**誠(まこと)にありがとうございます。** 真心地感謝您。
關係一般的對象	**ありがとうございます。** 謝謝。
關係親近的對象	**ありがとう。** 謝謝。 **サンキュー。** 謝啦。

02 透過例句學習

ご指導(しどう)いただき誠(まこと)にありがとうございます。
真心地感謝您給予的指導。

招待(しょうたい)してくれてありがとうございます。
謝謝招待。

今日(きょう)は付(つ)き合(あ)ってくれてサンキュー。
謝謝你今天跟我一起去。

03 與日本人會話

中村さん

昨日(きのう)の面接(めんせつ)どうでしたか。
昨天的面試如何？

はい。アドバイスしてくれたおかげで、うまくいきました。
是的，多虧了您的建議，很順利。

それはよかったですね。
那真是太好了。

色々(いろいろ)と教(おし)えてくれてありがとうございました。
謝謝你教導我各式各樣的事情。

メッセジーを入力

WORD

指導(しどう)する 指導
招待(しょうたい)する 招待

TIP

付(つ)き合(あ)う

原本的意思雖然是「交往、交際」，但是也很常用來表示「一起去、同行」的意思。

WORD

面接(めんせつ) 面試
アドバイスする 建議、忠告
おかげで 多虧
うまくいく 順利
よかった 幸好、太好了
色々(いろいろ)と 各式各樣、各方面
教(おし)える 教導

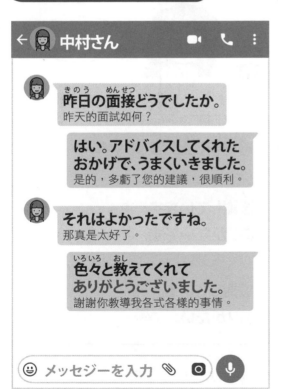

PATTERN 052

Track 052

感謝しています。

感謝。

這個句型比起「ありがたいです」能夠表達更深厚的致謝心意。雖然是「感謝」的意思，但卻不是直接使用「感謝します」，而是使用現在進行式的「感謝しています」來表達。如果彼此之間只是必須使用敬語的關係的話，可以使用「感謝申し上げます」，來表現出更正式的感覺。而如果是在親近關係當中，說「感謝している」就可以了。

01 跟著母語者說

必須使用敬語的對象	**感謝申し上げます。** 感謝。
關係一般的對象	**感謝しています。** 感謝。 **ありがたいです。** 謝謝。
關係親近的對象	**感謝している。** 感謝。 **ありがたい。** 謝謝。

Bonus 也可以使用相近意思的「ありがたいです（感謝您）」。

02 透過例句學習

ご支援(しえん)してくださった皆様(みなさま)に、感謝申(かんしゃもう)し上(あ)げます。

感謝給予協助的各位。

両親(りょうしん)にはいつも感謝(かんしゃ)しています。

我一直很感謝雙親。

力(ちから)になってくれたこと、感謝(かんしゃ)してるよ。

謝謝你的協力。

WORD

支援(しえん)する 支援、協助

皆様(みなさま) 各位、大家

両親(りょうしん) 雙親

いつも 總是

力(ちから)になる 協力

03 與日本人會話

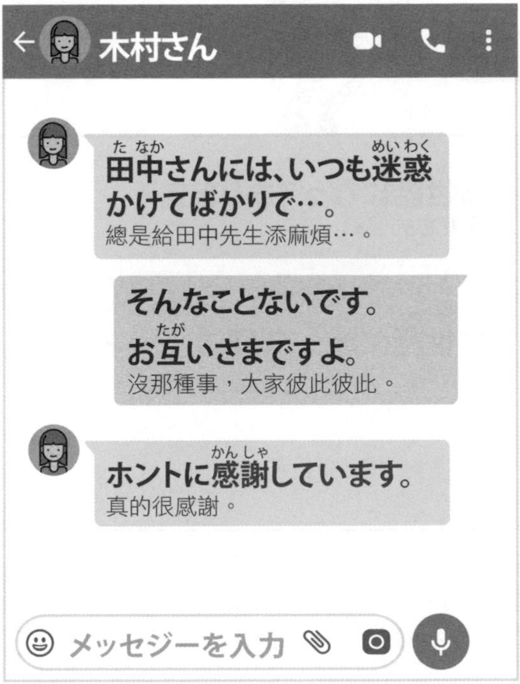

WORD

迷惑(めいわく)(を)かける 添麻煩

～てばかりだ 總是～

そんなことない 不是那樣、沒那種事

TIP

お互(たが)いさま

用以表示「彼此彼此、互相、大家都一樣」等，指你我都位於相同處境或狀況。

PATTERN 053

お世話になっています。

承蒙照顧。

這個句型是包含「感謝」涵義，表示「承蒙對方照顧」的意思。也很常用以有禮貌地打招呼。雖然一般來說使用在口語，但是在電子郵件或是類似的書信上想要傳達感謝之意時也會使用。如果已經被對方照顧了，可以使用「お世話になりました」，而若對方是必須使用敬語的對象的時候，則建議使用較尊敬的「お世話になっております」。

01 跟著母語者說

必須使用敬語的對象	**お世話になっております。** 承蒙您的照顧。
關係一般的對象	**お世話になっています。** 承蒙照顧。
關係親近的對象	（不會對這類對象使用。）

02 透過例句學習

平素(へいそ)より大変(たいへん)お世話(せわ)になっております。
平常承蒙您照顧了。

いつもお世話(せわ)になっています。
總是承蒙您照顧。

長(なが)い間(あいだ)、お世話(せわ)になりました。
這麼久以來都承蒙您照顧了。

WORD

平素(へいそ) 平常
大変(たいへん) 非常、很
長(なが)い間(あいだ) 很久的期間

TIP

大変(たいへん)

作為名詞時指「大事情」，作為形容詞則為「嚴重的、困難的」的意思。作為副詞則表示「非常地、相當地、十分地」。

03 與日本人會話

中村さん

私(わたし)、来週(らいしゅう)引(ひ)っ越(こ)すことになったんです。
我下週要搬家了。

今(いま)まで色々(いろいろ)とお世話(せわ)になりました。
承蒙您一直以來在各方面的照顧。

こちらこそ。いつでも遊(あそ)びに来(き)てくださいね。
這裡才是。隨時歡迎回來玩。

メッセジーを入力

WORD

来週(らいしゅう) 下週
引(ひ)っ越(こ)す 搬家
～ことになる 變成～
今(いま)まで 直到現在
いつでも 無論何時
遊(あそ)ぶ 玩耍
～に来(く)る 為了～而來

PATTERN 054

Track 054

助かります。

感謝幫忙。

這個句型是用來表示因為受到了某人的幫助而感到開心、感謝時的表達方式。「助かります」、「助かりました」等型態也很常見。若對方是必須使用敬語的對象的時候，建議使用「○○いただけると幸いです」會較有禮貌，而如果是親近關係的話則說「助かる」就可以了。

01 跟著母語者說

必須使用敬語的對象	**○○いただけると幸いです。** 如果能幫忙做○○的話，很感謝。
關係一般的對象	**助かります。** 感謝幫忙。
關係親近的對象	**助かる。** 謝謝幫忙。

02 透過例句學習

相談に乗っていただけると幸いです。
如果您願意跟我談談，我會非常感謝。

手伝ってくれると助かります。
如果你能幫忙的話，我非常感謝。

駅まで送ってくれると助かるなぁ。
能送我到車站的話，我會很謝謝你的。

WORD

相談に乗る 答應商談
手伝う 幫忙
駅 車站
送る 接送

03 與日本人會話

マッちゃん

ユナちゃんの机、いつもきれいだよね。
悠娜的書桌總是很整齊呢。

私、片付けるのが趣味なんだ。
因為整理東西是我的興趣。

じゃあ、私の机も片付けてくれると助かるけど。
那麼，如果我的書桌也能幫忙整理的話，我會很感謝的。

え?それはちょっと…。
咦？那就有點…。

メッセジーを入力

WORD

机 書桌
きれいだ 乾淨、漂亮
趣味 興趣
～けど 無意義的接續詞

TIP

片付ける
「片付ける」是表示整理的動詞，名詞形則是「片付け」，是最常見的表達用法。

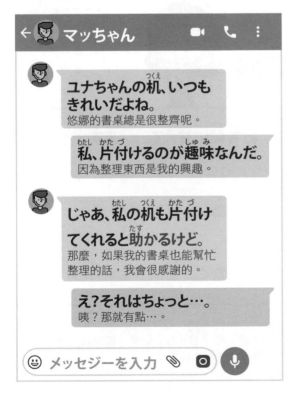

PATTERN
055 お言葉(ことば)に甘(あま)えて。

那我就不客氣了。

Track 055

這個句型主要是對需要使用敬語的對象使用，表示自己不再推辭，而會直接接受對方的好意。這個句型在商務上來往時也可以直接使用，但在「お言葉(ことば)に甘(あま)えて」的後面再加上其他的句型搭配，改變成「お言葉(ことば)に甘(あま)えて○○ます」會更好。而如果與對方是親近的關係，使用「遠慮(えんりょ)なく」就可以了。

01 跟著母語者說

必須使用敬語的對象	**お言葉(ことば)に甘(あま)えて○○ます。** 那我就不客氣地○○了。
關係一般的對象	**お言葉(ことば)に甘(あま)えて。** 那我就不客氣了。
關係親近的對象	**遠慮(えんりょ)なく。** 那我就不客氣了。

Bonus 「言葉(ことば)」是「話語」的意思，而「甘(あま)える」則是「接受對方的好意」的意思，接起來就是「接受對方話中的好意」。

02 透過例句學習

お言葉(ことば)に甘(あま)えて、ごちそうになります。
那我就不客氣地開動了。

お言葉(ことば)に甘(あま)えて、お世話(せわ)になります。
那我就不客氣地麻煩您了。

じゃあ、遠慮(えんりょ)なく借(か)りるね。
那我就不客氣地借用了。

WORD

ごちそうになる
受到款待、被請客

借(か)りる 借用

TIP

ごちそうになります

「ごちそう」是「佳餚」的意思，通常受到對方款待時會說「ごちそうになります」，等同中文的「承蒙招待」。

03 與日本人會話

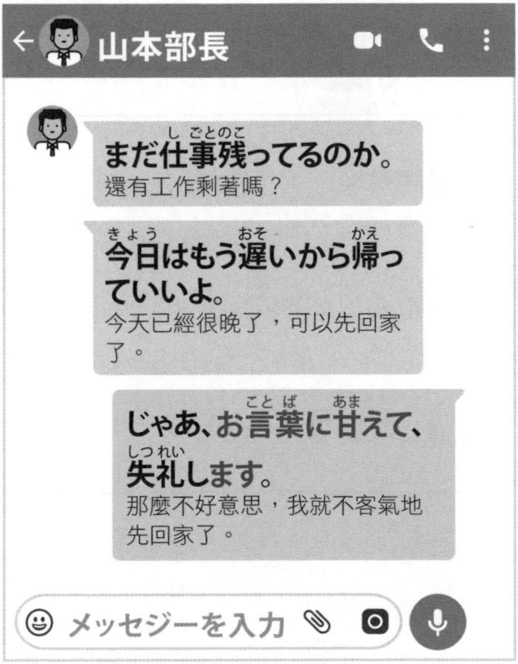

山本部長
まだ仕事(しごと)残(のこ)ってるのか。
還有工作剩著嗎？
今日(きょう)はもう遅(おそ)いから帰(かえ)っていいよ。
今天已經很晚了，可以先回家了。
じゃあ、お言葉(ことば)に甘(あま)えて、失礼(しつれい)します。
那麼不好意思，我就不客氣地先回家了。
メッセジーを入力

WORD

残(のこ)って(い)る 剩下來的

もう 已經、現在

遅(おそ)い 晚

帰(かえ)る 回家

TIP

失礼(しつれい)します

通常代表「我先失陪了」，表示自己先回家了，希望對方能諒解。

Track 056

PATTERN
056 遠慮なく。
別客氣。

這個句型主要用於希望對方能夠自在地進行某事，不用在意自己。如果是跟必須使用敬語的對象交談，通常會加上表示尊重的「○○てください」、而在一般關係或親近的關係當中，則可以使用像是「遠慮しないで」的簡單用法。

01 跟著母語者說

必須使用敬語的對象	**ご遠慮なく。** 別客氣。
關係一般的對象	**遠慮なく。** 別客氣。
關係親近的對象	**遠慮しないで。** 別客氣。

02 透過例句學習

ご遠慮(えんりょ)なくお申(もう)し付(つ)けください。

請別客氣的告訴我。

遠慮(えんりょ)なく使(つか)ってください。

別客氣，請用吧。

遠慮(えんりょ)しないで食(た)べて。

別客氣，吃吧。

WORD

申(もう)し付(つ)ける 説

使(つか)う 使用

食(た)べる 吃

TIP

申(もう)し付(つ)ける

「言(い)い付(つ)ける」的謙讓語講法，通常對長輩使用。

03 與日本人會話

小川さん

仕事(しごと)は、もう慣(な)れましたか。

工作現在都習慣了嗎？

ええ、少(すこ)しずつ。
でも、まだまだです。

是的，漸漸的習慣了，但是還差得遠。

分(わ)からないことがあったら、
遠慮(えんりょ)なく言(い)ってくださいね。

有什麼不懂的話請別客氣，都可以跟我説。

メッセジーを入力

WORD

慣(な)れる 熟習、習慣

少(すこ)しずつ 漸漸地

まだまだだ 還差得遠

言(い)う 説

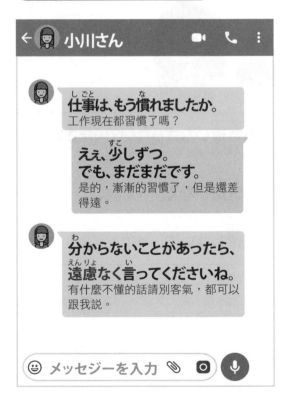

PATTERN

057 お気遣いなく。

請別費心。

Track 057

這個句型主要是用於對方想要招待自己或是給予禮物時，希望對方不要為自己太過費心時所使用的表達方式。也有希望對方不要太有負擔的意思。對於必須使用敬語的對象可以使用較為正式的「お気遣いなさらないでください」，而如果是親近的關係，說「気遣わないで」就可以了。

01 跟著母語者說

必須使用敬語的對象	**お気遣いなさらないでください。** 請別費心。
關係一般的對象	**お気遣いなく。** 請別費心。
關係親近的對象	**気遣わないで。** 別費心。

Bonus 「気遣う」是表示「費心」的動詞，而「気遣い」則是指「費心」這個動作的名詞。

02 透過例句學習

心(こころ)ばかりの品(しな)ですので、どうぞお気遣(きづか)いなさらないでください。

這只是一點心意，請別在意的收下。

すぐに失礼(しつれい)しますので、お気遣(きづか)いなく。

馬上就要走了，請別費心。

お返(かえ)しとか気遣(きづか)わないでいいよ。

請別在意謝禮之類的東西。

WORD

心(こころ)ばかり 只是心意

品(しな) 物品（禮物）

すぐに 馬上

お返(かえ)し 回禮

TIP

お返(かえ)し

在日本，給予參加婚喪喜慶的賓客「お返(かえ)し」是一種禮貌。

03 與日本人會話

← 田中さん

暑(あつ)い中(なか)、わざわざ来(き)ていただいてすみません。
這麼熱還為我特地過來，真是謝謝。

何(なに)か、冷(つめ)たいお飲(の)み物(もの)でもどうですか。
來個冰涼的飲料之類的東西，如何呢？

いいえ。すぐに帰(かえ)りますので、お気遣(きづか)いなく。
不用啦，我馬上就要回去了，所以請別費心。

メッセジーを入力

WORD

わざわざ 特地

～ていただく 為了～做

冷(つめ)たい 冰涼的

飲(の)み物(もの) 飲料

帰(かえ)る 回去

PATTERN 058

Track 058

お構いなく。

請不用費心。

這個句型主要用於不希望對方太費心在自己身上時。「構う」有「搭理、費心」等很多不同的意思，與前面學過的「お気遣いなく」有類似的涵義。但如果跟交談對象之間只是必須使用敬語的關係的話，因為可能會給對方冷淡、失禮的感覺，並不建議使用。而在親近的關係當中則統一使用「気遣わないで」。

01 跟著母語者說

必須使用敬語的對象	（不會對這類對象使用。）
關係一般的對象	**お構いなく。** 請不用費心。
關係親近的對象	**気遣わないで。** 不用管我。

Bonus 這個句型會給人較為強勢的感覺，所以如果使用時語氣稍有不慎可能會引發對方的不快，需特別注意。

02 透過例句學習

どうぞお構(かま)いなく。
請不要費心。

さっき食事(しょくじ)したばかりなので、お構(かま)いなく。
才剛剛用過餐過而已，請不用費心。

長居(ながい)しないから、気遣(きづか)わないで。
不會在這邊待很久的，所以不用管我。

WORD

さっき 剛剛
食事(しょくじ)する 用餐
～たばかり ～後、才剛剛~

TIP

長居(ながい)する

表示「長時間待在同一個地方」，多用於拜訪別人家時的狀況。

03 與日本人會話

山崎さん

こんな時間(じかん)まで、引(ひ)き留(と)めちゃってすみません。
抱歉留你到這時間。

遅(おそ)いから、駅(えき)まで送(おく)りましょうか。
已經很晚了，要不要送你到車站那邊呢？

いいえ、大丈夫(だいじょうぶ)です。お構(かま)いなく。
啊，沒關係的，請不用費心。

メッセジーを入力

WORD

時間(じかん) 時間
引(ひ)き留(と)める 挽留
送(おく)る 接送
大丈夫(だいじょうぶ)だ 沒關係

TIP

引(ひ)き留(と)める

一般用於家主挽留來訪的客人不讓他走這樣的狀況。

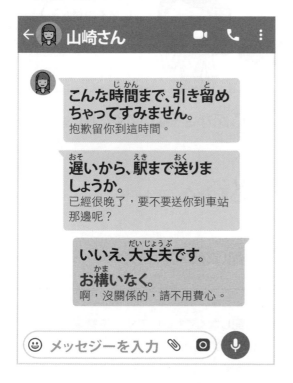

PATTERN 059

Track 059

ご心配なく。

請不用擔心。

這個句型用於勸告正在擔心某件事的對象不用再擔心，跟必須使用敬語的對象交談時建議使用更為正式的「ご心配なさらないでください」。而如果彼此之間是更親近的關係，說「心配しないで」就可以了。

01 跟著母語者說

必須使用敬語的對象	**ご心配なさらないでください。** 請不用擔心。
關係一般的對象	**ご心配なく。** 請不用擔心。
關係親近的對象	**心配しないで。** 不要擔心。

Bonus 相似的表達方式還有「心配しなくてもいいです（不需要擔心）」、「心配しなくてもいいよ（別擔心）」等。

02 透過例句學習

契約(けいやく)に関(かん)しては、ご心配(しんぱい)なさらないでください。
關於合約的部分，請不用擔心。

入会金(にゅうかいきん)は無料(むりょう)ですので、ご心配(しんぱい)なく。
入會費是免費的，所以請不用擔心。

もう大丈夫(だいじょうぶ)だから、心配(しんぱい)しないで。
現在已經沒事了，不要擔心。

WORD

契約(けいやく) 契約、合約
～に関(かん)しては 關於～的部分
入会金(にゅうかいきん) 入會費
無料(むりょう) 免費

03 與日本人會話

山崎さん

もうこんな時間(じかん)ですね。
居然已經這個時間了。

終電(しゅうでん)間(ま)に合(あ)いますか。
還搭得上末班車嗎？

あぁ、タクシーに乗(の)るので、ご心配(しんぱい)なく。
啊，我會搭計程車的，請不用擔心。

じゃあ、タクシー乗(の)り場(ば)まで一緒(いっしょ)に行(い)きましょう。
那麼，我們一起走到計程車乘車處吧。

メッセジーを入力

WORD

終電(しゅうでん) 末班車
間(ま)に合(あ)う 趕時間、即時
タクシー 計程車
～に乗(の)る 搭乘～
乗(の)り場(ば) 乘車處

TIP

乗(の)り場(ば)

「場(ば)」為「地方、場所」的意思，但搭配動詞「乗(の)り」使用時是用以表示「進行～的地方、場所」，所以「乗(の)り場(ば)」意思是「搭乘處」。

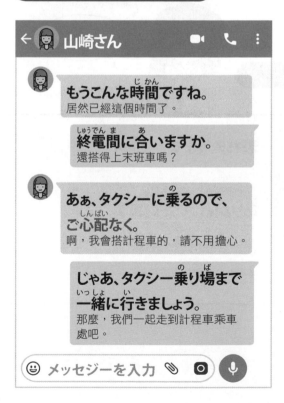

PATTERN 060

Track 060

恐れ入ります。

不敢當。

這個句型是認為對方的好意對自己來說太過度，而表示感謝的表達方式。最前面的「恐れ入りますが」也有因為拜託對方某事而想要表示歉意的意思。但因為這屬於比較正式的表達方式，通常在較為親近的關係當中只會說「ありがとうございます」。

01 跟著母語者說

必須使用敬語的對象	**恐れ入ります。** 不敢當。
關係一般的對象	**ありがとうございます。** 謝謝。
關係親近的對象	（不會對這類對象使用。）

02 透過例句學習

ご足労(そくろう)いただき、恐(おそ)れ入(い)ります。
讓您千里跋涉而來，真是過意不去。

わざわざご連絡(れんらく)いただき恐(おそ)れ入(い)ります。
讓您特地聯絡，真是過意不去。

お気遣(きづか)いいただきありがとうございます。
讓您如此費心，謝謝了。

WORD

(ご)足労(そくろう) 千里跋涉而來

わざわざ 特地

TIP

お(ご)～いただく

接在名詞後面表示「為～做～」，表達尊敬對方提高對方地位的意思。

03 與日本人會話

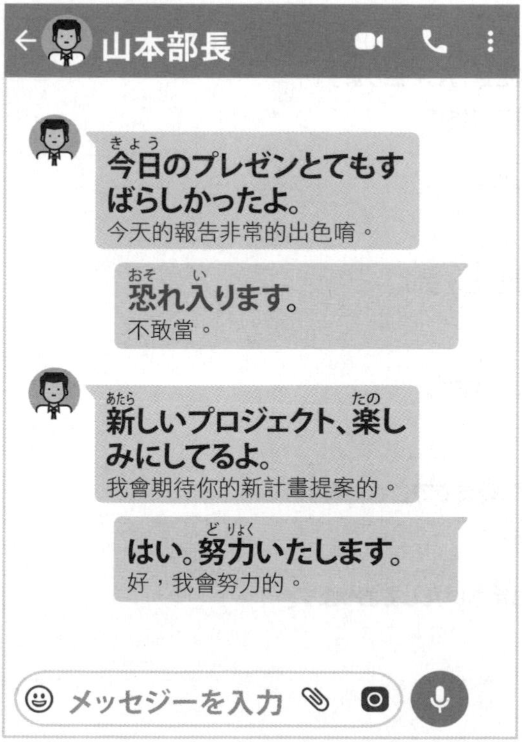

山本部長
今日(きょう)のプレゼンとてもすばらしかったよ。
今天的報告非常的出色唷。
恐(おそ)れ入(い)ります。
不敢當。
新(あたら)しいプロジェクト、楽(たの)しみにしてるよ。
我會期待你的新計畫提案的。
はい。努力(どりょく)いたします。
好，我會努力的。
メッセジーを入力

WORD

プレゼン 報告（プレゼンテーション的略縮語）

すばらしい 出色的、很好的

新(あたら)しい 新的

プロジェクト 計畫提案

努力(どりょく)する 努力

生活日本語

讓我們來熟悉一下在日本當地能夠聽到的必備句型吧。

在觀光景點2　在遊樂園、主題公園、購物中心等

1. 本日も○○へご来店(ご来園)いただきまして、誠にありがとうございます。

今天也非常感謝您蒞臨○○。

2. 館内への飲食物の持ち込みは、ご遠慮ください。

館內禁止攜帶飲料及食物。

3. 入退場についてご案内いたします。

為您介紹入場以及離場指引導覽。

4. 本日の催し物のお知らせをいたします。

為您介紹本日的活動。

5. 園内で無料シャトルバスを運行しております。

園區內有免費的接駁公車可以搭乘。

6. 迷子のお知らせをいたします。

請注意，有走失的孩童。

7. お客様のお呼び出しを申し上げます。

請注意，尋找顧客。

8. 館内は、すべて禁煙でございます。

館內全面禁止吸菸。

9. 本日の営業時間は、○○時まででございます。

今日的營業時間到○○點為止。

10. またのご来場(ご来園)お待ちいたしております。

期待您的再次光臨。

Chapter
07

表示承諾與拒絕的表達方式

在收到對方的請求或提議時，想要表達接受，或希望能以不傷害對方的方式委婉地拒絕，該怎麼用日語表達呢？讓我們一起來看看吧。

- Pattern 061 **いいですね。**很好呢。
- Pattern 062 **是非（ぜひ）。**一定會的。
- Pattern 063 **分（わ）かりました。**知道了。
- Pattern 064 **了解（りょうかい）しました。**了解了。
- Pattern 065 **すみません。**抱歉。
- Pattern 066 **ちょっと…。**有點…。
- Pattern 067 **せっかくですが。**很難得，但～。
- Pattern 068 **お気持（きも）ちだけで充分（じゅうぶん）です。**有心意就足夠了。
- Pattern 069 **遠慮（えんりょ）します。**不用了。
- Pattern 070 **結構（けっこう）です。**夠了。

PATTERN 061

Track 061

いいですね。

很好呢。

這個句型是接受對方意見的最代表性的表達方式。通常會在「いいです」的後面加上「ね」表示更為柔和的語調。而若對方是必須使用敬語的對象的時候，「問題(もんだい)ございません」或「問題(もんだい)ありません」是最為適當的選擇。對關係親近的對象則可以使用「いいね」，或是講「オッケー」。

01 跟著母語者說

必須使用敬語的對象	**問題(もんだい)ございません。** 沒問題。 （最有禮貌的表達方式） **問題(もんだい)ありません。** 沒問題。
關係一般的對象	**いいですね。** 很好呢。
關係親近的對象	**いいね。** 好啊。 **オッケー。** OK。

Bonus 講「いいです」這句型時若語氣帶點無奈，意思就會變成「算了」，所以要特別小心。建議在語尾的部分加上「ね」或是「よ」而變成「いいですよ（好喔）」會更好。

02 透過例句學習

来週(らいしゅう)までにお返事(へんじ)いただければ、問題(もんだい)ありません。

如果能在下禮拜之前回覆我的話就沒問題。

内容(ないよう)は、このままでいいですよ。

內容照著這樣很好。

私(わたし)、金曜日(きんようび)ならオッケーだよ。

如果是星期五的話，我ok。

WORD

来週(らいしゅう) 下一週

～までに 到～之前

内容(ないよう) 內容

このまま 這樣下去

金曜日(きんようび) 星期五

03 與日本人會話

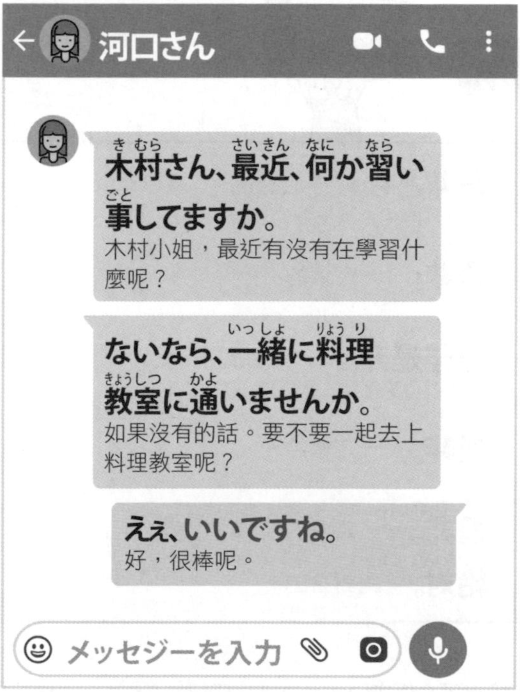

河口さん
木村(きむら)さん、最近(さいきん)、何(なに)か習(なら)い事(ごと)してますか。
木村小姐，最近有沒有在學習什麼呢？
ないなら、一緒(いっしょ)に料理(りょうり)教室(きょうしつ)に通(かよ)いませんか。
如果沒有的話。要不要一起去上料理教室呢？
ええ、いいですね。
好，很棒呢。
メッセジーを入力

WORD

ない 沒有

～なら 如果～的話

料理(りょうり) 料理

教室(きょうしつ) 教室、補習班

通(かよ)う 往返

TIP

習(なら)い事(ごと)

表示「學習」之意的動詞「習(なら)う」與「事(こと)（事情、東西）」合起來的名詞，意指可學習的技能。

Track 062

PATTERN 062

是非（ぜひ）。

一定會的。

這個句型用以表示接受對方意見，同時展現出決心，帶有「無論如何都要這樣做」的強烈意志。在回答對方的建議時，雖然可以直接使用「是非（ぜひ）」，但如果是想要傳達自身希望的立場，可以在後面搭配「○○たい（想做～）」等類似句型一起使用。而在親近的關係當中，也可以使用差不多意思的「絶対（ぜったい）」。

01 跟著母語者說

必須使用敬語的對象	**是非（ぜひ）とも。** 一定會的。 （稍微再更強烈一點的表現方式） **是非（ぜひ）。** 一定會的。
關係一般的對象	**是非是非（ぜひぜひ）。** 一定會的。 （稍微再更強烈一點的表現方式） **是非（ぜひ）。** 一定會的。
關係親近的對象	**是非（ぜひ）。** 一定會的。 **絶対（ぜったい）。** 絕對會的。

Bonus 「是非（ぜひ）」與「是非（ぜひ）○○てみてください（一定要試試看○○）」一樣，可以用於提議對方進行某事的時候。

02 透過例句學習

是非(ぜひ)とも、参加(さんか)させていただきます。
我一定會參加的。

是非(ぜひ)、また会(あ)いたいです。
希望我們一定能再見面。

今度(こんど)、絶対(ぜったい)行(い)こうね。
下次一定要去。

WORD

参加(さんか)する 參加
会(あ)う 見面
今度(こんど) 這次、下次
行(い)く 去

TIP

～させていただく

是「する」的謙讓語，表示自己正要做的行為得到了對方的認可。

03 與日本人會話

高橋さん

これ、博多(はかた)名物(めいぶつ)の明太子(めんたいこ)ですけど。お食事(しょくじ)の時(とき)に、是非(ぜひ)食(た)べてみてください。
這是博多的名產明太子，吃飯的時候，請一定要試試看喔。

あぁ～。ご飯(はん)のおかずにぴったりですね。
啊～很適合配飯吃呢。

メッセジーを入力

WORD

博多(はかた) 博多（地名，位於九州的福岡市）
名物(めいぶつ) 名產
明太子(めんたいこ) 明太子、鱈魚子
食事(しょくじ) 用餐
時(とき) ～的時候
おかず 配菜

TIP

ぴったり

表示「剛好適合、正好符合」，這裡是用來表示搭配的很好的意思。

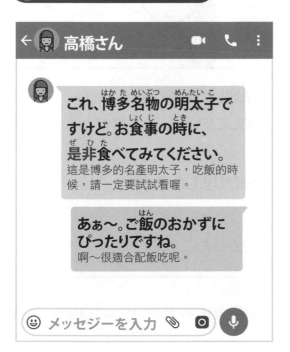

Track 063

PATTERN 063

分(わ)かりました。

知道了。

這個句型用於對於對方的話表示充份的理解、或是接受對方意見時所使用使用的表達方式。在正式場合，或對長輩等必須使用敬語的對象表示理解時，經常會使用「承知(しょうち)いたしました」或類似的「かしこまりました」。而如果是更為親近的關係，使用簡單的「分(わ)かった」即可。

01 跟著母語者說

必須使用敬語的對象	**承知(しょうち)いたしました。** 知道了。 **かしこまりました。** 知道了。
關係一般的對象	**分(わ)かりました。** 知道了。
關係親近的對象	**分(わ)かった。** 知道了。

Bonus 「かしこまりました」這句話在服務業中最常聽到，店員經常會對客人使用。

02 透過例句學習

承知いたしました。どうぞお任せください。

我知道了。請務必交給我。

分かりました。明日までに準備します。

我知道了，明天之前會準備好的。

分かった。もう一度やり直すよ。

我知道了，我會再做一次。

WORD

任せる 託付、拜託

準備する 準備

もう一度 再一次

やり直す 重頭再做

03 與日本人會話

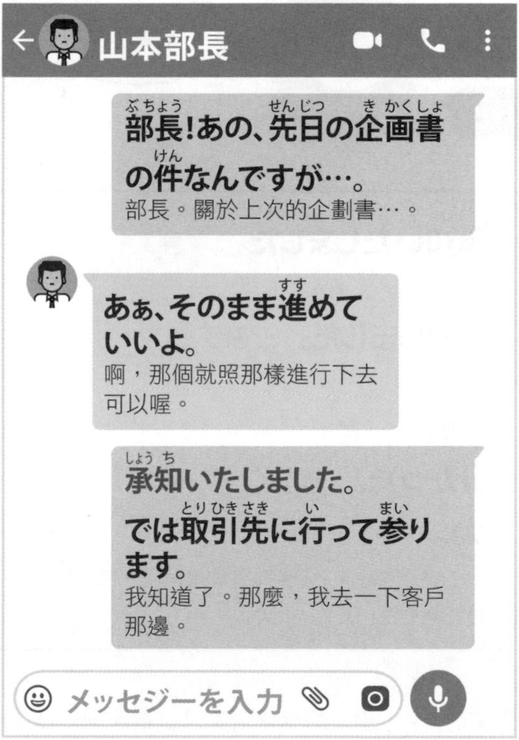

山本部長
部長!あの、先日の企画書の件なんですが…。
部長。關於上次的企劃書…。
ああ、そのまま進めていいよ。
啊，那個就照那樣進行下去可以喔。
承知いたしました。では取引先に行って参ります。
我知道了。那麼，我去一下客戶那邊。
メッセジーを入力

WORD

部長 部長

先日 上次的

企画書 企劃書

件 事

そのまま 照那樣

進める 進行

取引先 客戶、交易對象

行って参る 往返

TIP

部長

日本人在稱呼自己的上司時，不會在後面加上表示尊敬的「様」。

PATTERN 064

了解（りょうかい）しました。

了解了。

「了解（りょうかい）」的意思是表示承認自己理解某些事情或內容。這個表達方式適用於各個年齡層與各種不同的狀況，是很多人都喜歡使用的句型。然而跟必須使用敬語的對象交談時，因為這個句型會帶有隨意的語感，應改講更正式的「承知（しょうち）いたしました。」。如果彼此之間是親密關係，則主要使用「了解（りょうかい）」、「分（わ）かった」。

01 跟著母語者說

必須使用敬語的對象	**承知（しょうち）いたしました。** 了解了。
關係一般的對象	**了解（りょうかい）しました。** 了解了。
關係親近的對象	**了解（りょうかい）。** 了解。 **分（わ）かった。** 知道了。 **りょ。** 了。 （了解的縮略語，用手機等機器傳送訊息時會使用的表現方式。）

Bonus 雖然有不少人會講「了解（りょうかい）です」，但是嚴格來說文法是錯誤的，還是使用「了解（りょうかい）しました」為佳。

02 透過例句學習

承知いたしました。じゃあ、先に行ってます。

我了解了，那我先走了。

了解しました。代わりにやっておきます。

我了解了，我會代替他完成的。

了解。着いたら連絡するね。

了解，抵達的時候，我會聯絡你。

WORD

先に 先

代わりに 作為代替

～ておく 先做好～

着く 抵達

連絡する 聯絡

03 與日本人會話

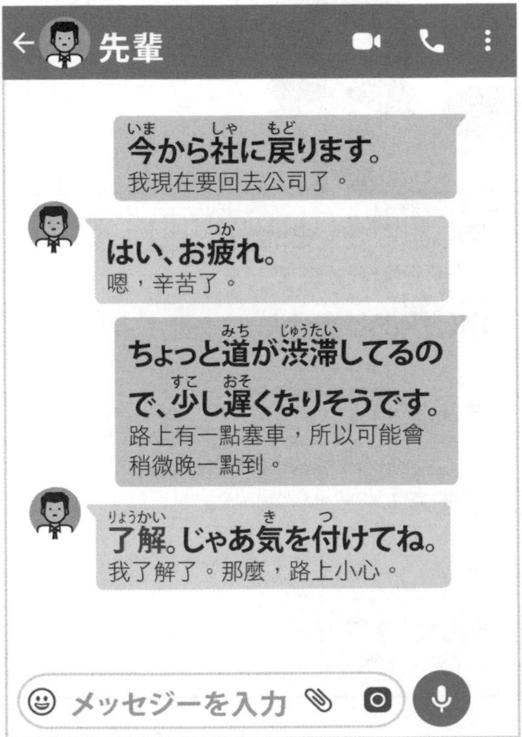

先輩
今から社に戻ります。
我現在要回去公司了。
はい、お疲れ。
嗯，辛苦了。
ちょっと道が渋滞してるので、少し遅くなりそうです。
路上有一點塞車，所以可能會稍微晚一點到。
了解。じゃあ気を付けてね。
我了解了。那麼，路上小心。
メッセジーを入力

WORD

先輩 前輩

今から 現在開始

戻る 回去

道 道路

渋滞する 停滯、堵塞

遅くなる 變晚

気を付ける 小心

TIP

社

對在同一間公司上班的同事講到自己的公司或辦公室的時候會使用的名詞。是「会社」的縮略語。

PATTERN 065 Track 065

すみません。

抱歉。

常用於要拒絕對方要求的時候。如果要同時說明拒絕的理由，可以在語尾加上「が」，變成「すみませんが（雖然很抱歉但是…）」，再敘述拒絕的原因。如果跟對象是必須使用敬語的關係的話，則建議使用較正式的「申(もう)し訳(わけ)ありません」。對親友一類可以放鬆聊天的對象，使用「すまない」、「ごめん」、「悪(わる)い」等簡單的表達方式就可以了。

01 跟著母語者說

必須使用敬語的對象	**申(もう)し訳(わけ)ございません。** 抱歉。 （最有禮貌的表現方式） **申(もう)し訳(わけ)ありません。** 抱歉。
關係一般的對象	**すみません。** 抱歉。
關係親近的對象	**すまない。** 對不起。 （主要是男性在使用） **ごめん。** 對不起。 **悪(わる)い。** 對不起。 （主要是男性在使用）

Bonus 跟親近的對象說話時，想要解釋拒絕對方的理由，說「悪(わる)いけど（抱歉但是…）」開頭就可以了。

02 透過例句學習

申し訳ありませんが、また次の機会にお願いします。

很抱歉，下次有機會再麻煩您。

やっぱり、今回はやめます。すみません。

果然這次還是不做了，很抱歉。

ごめん。ちょっとそれは無理だね。

對不起，那個有點太勉強了。

WORD

次 下一次

機会 機會

今回 這次

やめる 不做了、停止

無理だ 勉強

03 與日本人會話

田中さん

明日の集まり、参加できますよね。
明天的聚會，你可以參加對吧？

あっ、それが…。
啊…，那個…。

あいにく先約があって。すみません。
真不巧我有約在先了，很抱歉。

メッセジーを入力

WORD

集まり 聚會

参加する 參加

あいにく 真不巧

先約 有約在先

TIP

あいにく～があって

意思是「真不巧～」。是想要鄭重地表達因為有其他理由，而必須拒絕的時候所使用的表達分式。

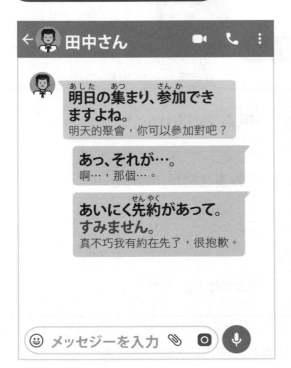

PATTERN 066

Track 066

ちょっと…。

有點…。

這個句型適用於感到有點為難，而表示婉轉的拒絕。通常使用這個句型時對方就會理解到話者有所難處。也很常和像是「すみませんが（抱歉）」等類似的句型搭配使用。但如果與對方是必須使用敬語的關係，這樣講會有些失禮，應避免使用。

01 跟著母語者說

必須使用敬語的對象	**申**(もう)**し訳**(わけ)**ありませんが。** 很抱歉。
關係一般的對象	**すみませんが、ちょっと…。** 很抱歉，但～。 **ちょっと…。** 有點…。
關係親近的對象	**ちょっと…。** 有點…。

Bonus 建議把「○○はちょっと（～有點…）」這個句型記起來。

02 透過例句學習

申<small>もう</small>し訳<small>わけ</small>ありませんが、お断<small>ことわ</small>りいたします。
雖然很抱歉，但我要拒絕。

残念<small>ざんねん</small>ですが、今回<small>こんかい</small>はちょっと…。
雖然很可惜，但這次有點…。

ごめん。土曜日<small>どようび</small>はちょっと…。
對不起，但星期六有點…。

03 與日本人會話

なつ

ねぇ、今週<small>こんしゅう</small>のボランティア
活動参加<small>かつどうさんか</small>できる?
那個，這週末的志工活動，你可
以參加嗎？

あ、ごめん。その日<small>ひ</small>は
ちょっと…。
啊，抱歉。那天有點…。

そっか。あと一人<small>ひとり</small>だけ足<small>た</small>り
ないんだよね…。
原來如此。還缺一個人呢…。

☺ メッセジーを入力 📎 ⭕ 🎤

◀ WORD
断<small>ことわ</small>る 拒絕
残念<small>ざんねん</small>だ 可惜
土曜日<small>どようび</small> 星期六

TIP

「断<small>ことわ</small>る」與「拒<small>こば</small>む」
在日語當中表示拒絕
的動詞有「断<small>ことわ</small>る」與
「拒<small>こば</small>む」等，一般來
說拒絕對方的提議時
較常使用「断<small>ことわ</small>る」。

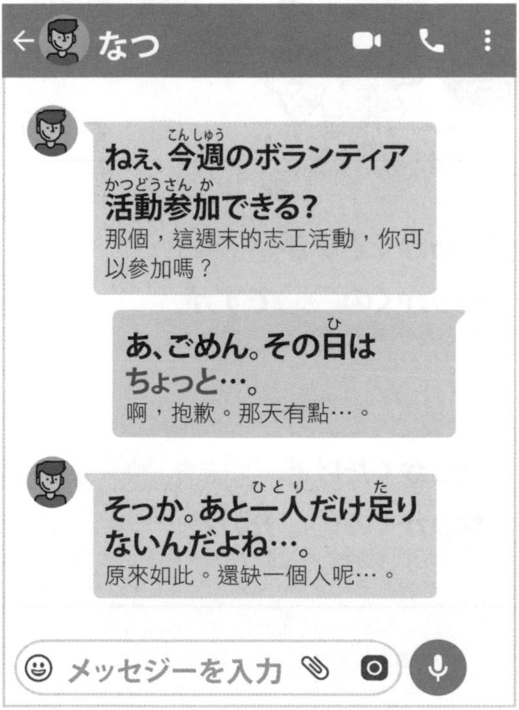

◀ WORD
ボランティア 志願服務
活動<small>かつどう</small> 活動
参加<small>さんか</small>する 參加
足<small>た</small>りない 不夠

TIP

ボランティア活動<small>かつどう</small>
從英文「volunteer」
變化而來的外來語，
日語中也有漢字的
「奉仕活動<small>ほうしかつどう</small>」，但十
分少見。

PATTERN

067 せっかくですが。

Track 067

很難得，但~

這個句型是用來婉轉的拒絕對方提議，有時也會以漢字「折角（せっかく）」呈現，而若要自然地說明拒絕的理由可以改說「せっかくの○○ですが（很難得的○○，但是~）」。這個句型若對方是必須使用敬語的對象的時候，經常見到，不需要用敬語時可以把語尾改成「だけど」。

01 跟著母語者說

必須使用敬語的對象 關係一般的對象	**せっかくですが。** 很難得，但~ **せっかくの○○ですが。** 雖然是很難得的○○，但~
關係親近的對象	**せっかくだけど。** 很難得，但~ **せっかくの○○だけど。** 雖然是很難得的○○，但~

せっかくですが、今日は欠席させていただきます。

雖然很難得，但我今天還是得缺席。

せっかくの機会ですが、またお願いします。

雖然是很難得的機會，但只能下次再拜託您了。

せっかくだけど、また今度誘ってね。

雖然很難得，但下次再找我吧。

03 與日本人會話

← 中原様 🎥 📞 ⋮

先日お話しした件、考えていただけましたか。
上次跟您的說的事，您考慮得如何呢？

せっかくのお誘いですが、今回はお断りさせていただきます。
雖然是很難得的提議，但這次還是要拒絕。

☺ メッセジーを入力 📎 ◎ 🎤

WORD

機会 機會

また 再、下一次

誘う 招待、找

TIP

欠席する

不參加課程、結婚典禮、會議等場合的意思。

WORD

先日 上一次

話す 說話

考える 考慮

(お)誘い 提議、招待

断る 拒絕

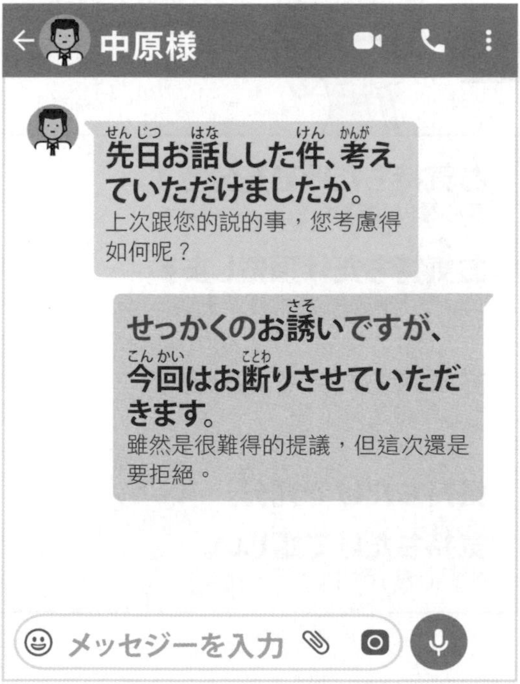

PATTERN 068

Track 068

お気持(きも)ちだけで充分(じゅうぶん)です。

有心意就足夠了。

這個句型在婉拒對方提議或是禮物時很常使用。但是如果對方已經把禮物拿出來的話，這樣說反而可能會造成對方不開心，所以應該在對方說要送禮時就先說出來會比較好。在商務往來當中經常使用，類似的表達方式還有「お気持(きも)ちだけ頂戴(ちょうだい)します（我只收下你的心意就好了）」。

01 跟著母語者說

必須使用敬語的對象	**お気持(きも)ちだけで充分(じゅうぶん)です。** 有心意就足夠了。 **お気持(きも)ちだけ頂戴(ちょうだい)します。** 我只收下你的心意就好了。
關係一般的對象	**お気持(きも)ちだけで充分(じゅうぶん)です。** 有心意就足夠了。
關係親近的對象	**気持(きも)ちだけで充分(じゅうぶん)。** 有心意就足夠了。 **気持(きも)ちだけで嬉(うれ)しい。** 收到心意就很開心了。

Bonus 可以搭配前面學過的「せっかく」一起使用。

02 透過例句學習

せっかくですが、お気持(きも)ちだけ頂戴(ちょうだい)します。
雖然很難得，但我心領了。

本当(ほんとう)にお気持(きも)ちだけで充分(じゅうぶん)ですから。
真的，有心意就足夠了。

プレゼントだなんて。その気持(きも)ちだけで嬉(うれ)しいよ。
還說什麼禮物，有這心意我就很開心了。

WORD

プレゼント 禮物
～なんて
還做什麼～、
還說什麼～

03 與日本人會話

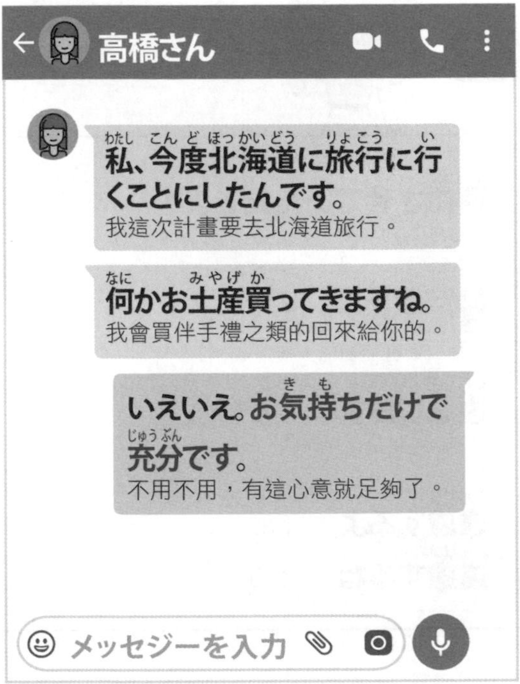

高橋さん
私(わたし)、今度(こんど)北海道(ほっかいどう)に旅行(りょこう)に行(い)くことにしたんです。
我這次計畫要去北海道旅行。
何(なに)かお土産(みやげ)買(か)ってきますね。
我會買伴手禮之類的回來給你的。
いえいえ。お気持(きも)ちだけで充分(じゅうぶん)です。
不用不用，有這心意就足夠了。
メッセジーを入力

WORD

北海道(ほっかいどう) 北海道（地名）
旅行(りょこう)に行(い)く 去旅行
～ことにする 打算要～
お土産(みやげ) 禮物、伴手禮
買(か)ってくる 買回來

TIP

「プレゼント」與「お土産(みやげ)」

「プレゼント」指的是生日或節日時送的禮物，「お土産(みやげ)」則表示去旅行時買的伴手禮或土產，在日語當中這兩種禮物的表達方式是不一樣的。

PATTERN

069 遠慮します。

不用了。

Track 069

這個句型是用以表示拒絕，較謙遜的講法是「遠慮させてもらいます」，「遠慮します」也很常使用。若對方是必須使用敬語的對象的時候，會更使用更正式的「遠慮させていただきます」。而在親近的關係當中，則常在「遠慮する」語尾後加上「ね」、「よ」等單字一起使用。

01 跟著母語者說

必須使用敬語的對象	**遠慮させていただきます。** 不用了。
關係一般的對象	**遠慮させてもらいます。** 不用了。 （稍微更有禮貌的表達方式。） **遠慮します。** 不用了。
關係親近的對象	**遠慮するよ。** 不用。 **遠慮するね。** 不用。

02 透過例句學習

大変残念ですが、今回は遠慮させていただきます。
雖然非常可惜，但這次先不用了。

今日は体の調子が優れないので、遠慮します。
今天身體的狀態不好，所以不用了。

今日は仕事が残ってるから、遠慮するよ。
今天的工作還沒做完，所以不用了。

03 與日本人會話

木村さん

今日の飲み会すごく盛り上がりましたね。
今天的公司聚餐氣氛真的非常好對吧。

じゃあ、締めに屋台でも行きますか。
那麼，結束的話要不要去個屋台之類的？

あ…、でも、ちょっと飲み過ぎたので、遠慮します。
啊，但是我已經有點喝多了，所以還是不用了。

メッセジーを入力

WORD

残念だ 可惜
体の調子 身體狀態、狀況
優れない 不太好
残って(い)る 剩下的

TIP

体の調子

「体」是身體、「調子」是狀態、狀況的意思，類似的單字還有「体の具合」也很常使用。

WORD

飲み会 聚餐
盛り上がる 氣氛熱鬧
締め 結尾
屋台 屋台
飲み過ぎる 飲酒過量

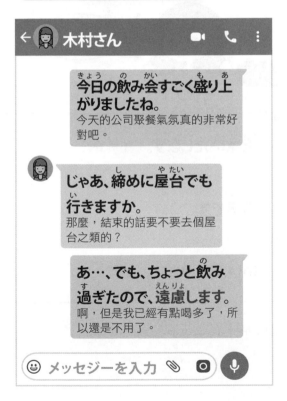

PATTERN 070

Track 070

結構（けっこう）です。

夠了。

這個句型可以有兩種意思，其中一種是表示自己已經覺得「足夠、滿足」的肯定，另外一種則是表示「不需要更多」的拒絕。在做為拒絕的意思使用時，對必須使用敬語的對象這樣講會顯得有些失禮，需特別注意。想要表達相同的意思可以使用「遠慮（えんりょ）いたします」。而在親近的關係當中則會使用「いいよ」。

01 跟著母語者說

必須使用敬語的對象	**遠慮（えんりょ）いたします。** 不用了。
關係一般的對象	**結構（けっこう）です。** 夠了。
關係親近的對象	**いいよ。** 好了。

Bonus 作為拒絕的表達方式時，也可以對餐廳或商店的員工使用。

02 透過例句學習

せっかくですが、遠慮(えんりょ)いたします。
雖然很難得，但還是不用了。

間(ま)に合(あ)ってますから、結構(けっこう)です。
因為已經夠了，所以不用了。

もうここでいいよ。
這裡就夠了。

03 與日本人會話

乗務員

お飲(の)み物(もの)のおかわり、いかがですか。
要不要幫您的飲料續杯呢？

あ、いいえ。結構(けっこう)です。
啊，不。不用了。

ご用(よう)の際(さい)は、遠慮(えんりょ)なくお申(もう)し付(つ)けください。
需要的時候，請不要客氣告訴我們。

はい、ありがとうございます。
好的，謝謝。

メッセジーを入力

WORD

間(ま)に合(あ)う 足夠
もう 已經
ここで 從這裡

TIP

間(ま)に合(あ)う

指「及時、趕上」，但進行式的「間(ま)に合(あ)っている」也可以用來表示「現在已足夠」的意思。

WORD

乗務員(じょうむいん) 乘務員
飲(の)み物(もの) 飲料
おかわり 續杯
(ご)用(よう) 事情
～の際(さい) ～的時候
申(もう)し付(つ)ける 告知

TIP

おかわり

續點相同的食物，也就是要再來一份。

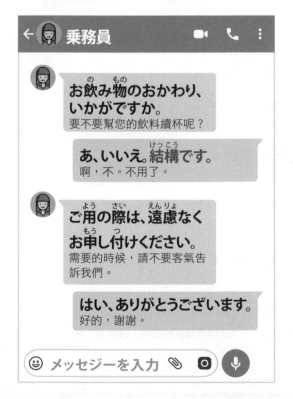

生活日本語

讓我們來熟悉一下在日本當地能夠聽到的必備句型吧。

在醫院／藥局

1. 問診票(もんしんひょう)にご記入(きにゅう)ください。

請幫我填一下問診記錄表。

2. どうなさいましたか。

哪邊不舒服呢？

3. 息(いき)を大(おお)きく吸(す)って、吐(は)いてください。

請大口吸氣後吐氣。

4. 現在(げんざい)他(ほか)の薬(くすり)を飲(の)んでいますか。

現在是否有其他正在服用的藥物？

5. 薬(くすり)によるアレルギーや副作用(ふくさよう)はありますか。

曾經對藥產生藥物過敏或副作用過嗎？

6. ３日分(みっかぶん)の薬(くすり)を出(だ)しておきます。

我幫您開三天份的藥。

7. この処方箋(しょほうせん)を薬局(やっきょく)へ持(も)っていってください。

請帶著這個處方籤到藥局。

8. この薬(くすり)は飲食(いんしょく)の消化(しょうか)を促(うなが)します。

這個藥可以幫助飲食的消化。

9. 一日(いちにち)３回(かい)、毎食(まいしょく)後(ご)に飲(の)んでください。

一天三次，每次請於飯後服用。

10. 眠(ねむ)くなりますので、運転(うんてん)や機械(きかい)の操作(そうさ)にはご注意(ちゅうい)ください。

因為可能會有嗜睡的情況發生，開車時與操作機械時，請小心注意。

Chapter 08

意見、想法與建議的表達方式

揣測對方的想法，再以此為依據提出自己的意見，
並提出對對方也有益處的提議，是討論時的基本。那麼用日語要怎麼表示呢？
讓我們一起來看看吧。

Pattern 071 **どうですか。**你覺得如何？

Pattern 072 **○○(ん)じゃないですか。**不是○○嗎？、明明就是○○啊。

Pattern 073 **知っています。**知道。

Pattern 074 **○○と思います。**我覺得是○○。

Pattern 075 **○○気がします。**我感覺是○○。

Pattern 076 **○○みたいです。**似乎是○○。

Pattern 077 **○○でしょう。**應該是○○吧。

Pattern 078 **言う通りです。**如你所說。

Pattern 079 **○○なければいけません。**一定要○○。

Pattern 080 **○○た方がいいですよ。**○○比較好喔。

PATTERN 071

どうですか。

你覺得如何？

Track 071

這個句型不只是用來表達提議，也能夠用來詢問對方對某事的意見。若對方是必須使用敬語的對象的時候，會使用「どうですか」的較正式版本「いかがでしょうか」或「いかがですか」。而如果是親近的關係的話可以使用簡單的「どう」。

01 跟著母語者說

必須使用敬語的對象	**いかがでしょうか。** 您覺得如何？ （最有禮貌的表達方式） **いかがですか。** 您覺得如何？
關係一般的對象	**どうですか。** 你覺得如何？ **どう思(おも)いますか。** 你認為如何？
關係親近的對象	**どう(↗)。** 如何？

Bonus 也可以使用意思相似的「どう思(おも)いますか（你的想法如何？）」。

02 透過例句學習

明日(あす)のご都合(つごう)、いかがですか。

明天的行程如何呢？

この企画(きかく)、どうですか。

這個企劃案如何呢？

就活(しゅうかつ)はどう(↗)。うまくいってる(↗)。

工作找得如何呢？還順利嗎？

WORD

都合(つごう) 日程、行程

企画(きかく) 企劃

就活(しゅうかつ) 找工作

TIP

就活(しゅうかつ)

「就職活動(しゅうしょくかつどう)」的縮略語，另外像是「結婚活動(けっこんかつどう)（尋找結婚對象）」也會縮寫成「婚活(こんかつ)」。

03 與日本人會話

← 河口さん

今日(きょう)は、全部(ぜんぶ)私(わたし)の手作(てづく)り料理(りょうり)です。

今天全部的料理都是我自己做的。

お口(くち)に合(あ)うか、分(わ)からないですけど…、どうですか。

雖然不知道合不合你胃口…還可以嗎？

えぇ～!やばいです!おいし過(す)ぎます。

哇～！很厲害耶，非常的好吃。

メッセジーを入力

WORD

手作(てづく)り料理(りょうり) 自己做的料理

口(くち)に合(あ)う 合胃口

おいし過(す)ぎる 非常好吃

TIP

手作(てづく)り

指「手工製作的東西」，可以用來形容很多不同的物品，類似意思的單字有「自家製(じかせい)」。主要用來敘述與料理相關的事物。

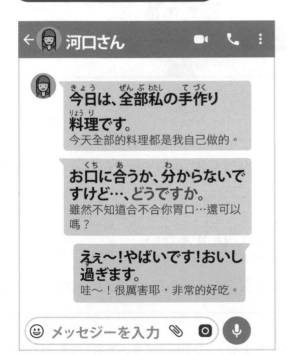

PATTERN

072 ○○(ん)じゃないですか。

Track 072

不是○○嗎？、明明就是○○啊。

這個句型有兩種用法，其一是詢問對方的意見，另一個則是陳述自身的想法，兩種用法話中都會帶有委婉的肯定，且可以搭配名詞、形容詞、動詞等各種詞性。但對必須使用敬語的對象用這種表達方式可能會被認為有些失禮，因此應避免使用。搭配「ん」可以更強調這是自己想法。

01 跟著母語者說

必須使用敬語的對象	（不會對這類對象使用）
關係一般的對象	**○○(ん)じゃないですか。** 不是○○嗎？、明明就是○○啊。
關係親近的對象	**○○(ん)じゃない。** 不是○○嗎？、明明就是○○啊。 **○○(ん)じゃん。** 明明就是○○啊。

Bonus 這個句型與中文中的「似乎是～」有相似的意思，用來委婉地陳述自己的想法。

02 透過例句學習

いくらなんでも、それは無理な話じゃないですか。

再怎麼說，那是不可能的事吧。

外国人とのコミュニケーションって、難しいんじゃないですか。

與外國人溝通交流不是很難嗎？

なかなかいい感じじゃない。

感覺好像不錯嘛？

WORD

いくらなんでも 再怎麼說

話 事情、想法

外国人 外國人

コミュニケーション 溝通、交流

難しい 難

なかなか 相當地、很

03 與日本人會話

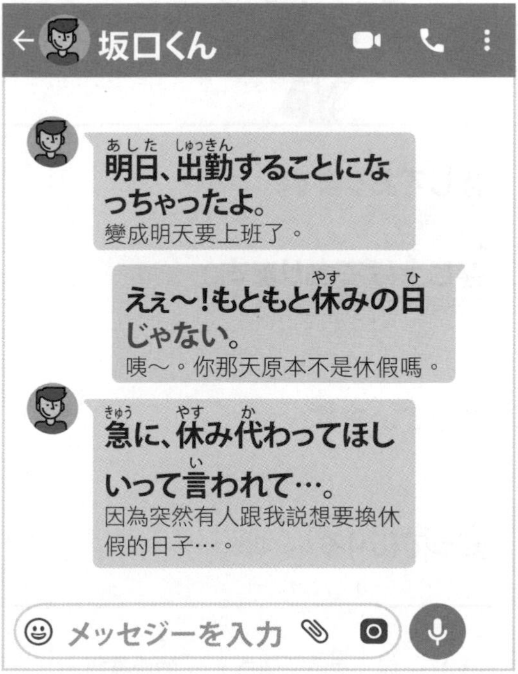

坂口くん
明日、出勤することになっちゃったよ。
變成明天要上班了。
えぇ～！もともと休みの日じゃない。
咦～。你那天原本不是休假嗎。
急に、休み代わってほしいって言われて…。
因為突然有人跟我說想要換休假的日子…。
メッセジーを入力

WORD

～ことになる 變成～

もともと 原本

休みの日 休假

急に 突然

代わる 更換

言われる 被說、跟我說

PATTERN 073

知っています。

知道。

使用動詞「知る（知道）」表示知曉之意的句型。與「分かっています」的意思相似，但是會給對方一種已經聽過好幾次相同的話、或是表示本來就已經知道了的感覺。若對方是必須使用敬語的對象的時候，改為使用謙讓語的「存ずる（知道）」會比較合乎禮節。

01 跟著母語者說

必須使用敬語的對象	**存じております。** 知道。 （知道的對象是事物或事實的情況） **存じ上げております。** 知道。 （知道的對象是人物的情況）
關係一般的對象	**知っています。** 知道。
關係親近的對象	**知って(い)る。** 知道。

Bonus 「存ずる」是「知る（知道）」與「思う（認為）」的謙讓語。

02 透過例句學習

彼の活躍ぶりは、以前から存じ上げております。

他的活躍，我從以前就知道了。

彼女の事は、子供の頃からよく知っています。

她的事，我從小時候就很清楚了。

私は、本当の事を知ってるよ。

我知道事實喔。

WORD

活躍 活躍

～ぶり ～的面貌、模樣

以前 以前

～から 從～

子供の頃 小時候

TIP

本当の事

直譯是「真正的事」，也就是事實。相似意思的單字還有「真実」，在對話當中也很常使用。

03 與日本人會話

← 中原様

この度、私が本社に転勤することになりまして。

我這次會調到總公司。

はい、存じ上げております。

是，我已經知道了。

来月から、他の者が担当させていただきます。

從下個月開始，會由別的人來負責。

メッセジーを入力

WORD

この度 這次

本社 總公司

転勤する 轉調

来月 下個月

担当する 負責

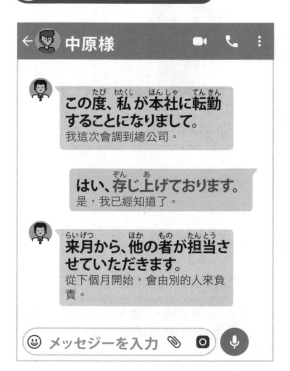

PATTERN 074

Track 074

〇〇と思(おも)います。

我覺得是〇〇。

這個句型是用來表示自身想法或意見時最常使用的表達方式。與中文中的句型「好像是～」有類似的意思，可以使用在各式各樣的情況當中。若跟必須使用敬語的對象交談時，建議可以使用謙讓語的「〇〇と存(ぞん)じます」比較有禮貌。而如果跟交談對象是更親近的關係則可以使用「〇〇と思(おも)う」，日常對話中通常會在語尾加上「よ」。

01 跟著母語者說

必須使用敬語的對象	**〇〇と存(ぞん)じます。** 我覺得是〇〇。
關係一般的對象	**〇〇と思(おも)います。** 我覺得是〇〇。
關係親近的對象	**〇〇と思(おも)う。** 我覺得是〇〇。

Bonus 相似的單字有「考(かんが)える（認為）」等動詞。「考(かんが)える」給人話者真正思考過的感覺，比較客觀，「思(おも)う」則只是描述自己想法，完全的主觀。兩個講法給人感覺有所不同，應注意不要混淆。

02 透過例句學習

明日(あす)には、届(とど)くかと存(ぞん)じます。

我覺得明天會抵達。

運動(うんどう)は、健康(けんこう)にいいと思(おも)います。

我覺得運動對健康是好的。

夢(ゆめ)は、きっと叶(かな)うと思(おも)うよ。

我覺得夢想一定會成真的。

WORD

健康(けんこう) 健康

夢(ゆめ) 夢想

きっと 一定

叶(かな)う 實現

TIP

届(とど)く

宅配或包裹等物品「到達、轉交」的意思。

03 與日本人會話

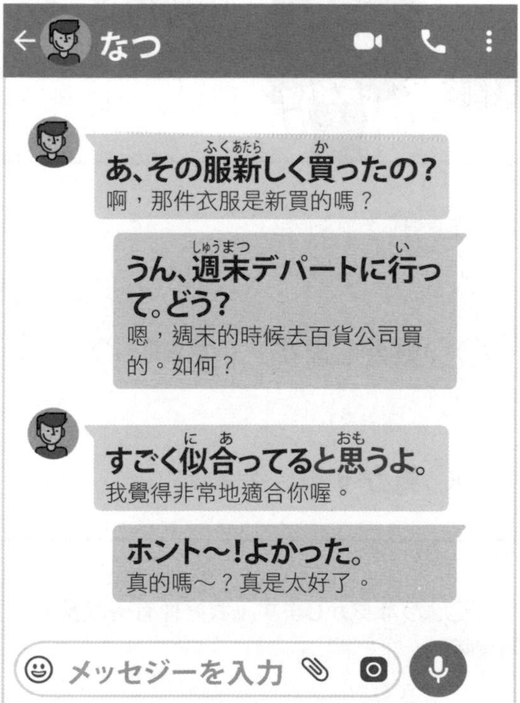

WORD

服(ふく) 衣服

新(あたら)しい 新的

週末(しゅうまつ) 週末

デパート 百貨公司

似合(にあ)う 適合

TIP

似合(にあ)っている

「似合(にあ)う」這個單字總是會以進行式的型態出現，因此想要表達「適合」必須寫成「似合(にあ)っている」。

PATTERN 075

Track 075

〇〇気がします。

我感覺是〇〇。

這個句型跟「好像是～」一樣帶有著不確定的語感，用於表達自己的想法。與前面學過的「〇〇と思います」相比是更為委婉，也更沒有自信的表達方式。然而，若對方是必須使用敬語的對象時，為了避免沒有確定的話語造成誤會，建議盡量避免使用。在一般的對話當中則經常被使用，搭配形容詞、動詞皆可。

01 跟著母語者說

必須使用敬語的對象	（不會對這類對象使用）
關係一般的對象	**〇〇気がします。** 我感覺是〇〇。
關係親近的對象	**〇〇気がする。** 我感覺是〇〇。

Bonus 相似的表達方式還有「〇〇ような気がします（我好像有～感覺）」，這種講法給人感覺更為曖昧。

02 透過例句學習

前に一度、ここに来たことがある気がします。
我感覺以前有來過這裡一次的樣子。

最近、ストレスが溜まってる気がします。
最近，感覺累積了很多的壓力。

なんだか、分かる気がする。
不知道為什麼，我感覺好像可以了解。

WORD

前に 以前
一度 一次
～たことがある 有～的經驗
ストレス 壓力
溜まって(い)る 累積起來
なんだか 不知道為什麼

03 與日本人會話

ケンちゃん

なんだか最近、疲れが取れない気がするんだよね…。
不知道為什麼，最近好像無法消除疲勞的樣子呢…。

そっかぁ。ちょっと無理し過ぎたんじゃない？
這樣啊，是不是有點太勉強了呢？

うーん。疲れが溜まってるのかなぁ。
嗯，積勞成疾了嗎…。

ゆっくり休んでね。
好好地休息吧。

メッセジーを入力

WORD

疲れ 疲勞、疲累
無理する 勉強
ゆっくり 好好地
休む 休息

TIP

～が取れない

「～が取れる」是「消除、解除～」的意思，前面可以加上「疲れ（疲勞）」或「ストレス（壓力）」、「痛み（疼痛）」等單字。

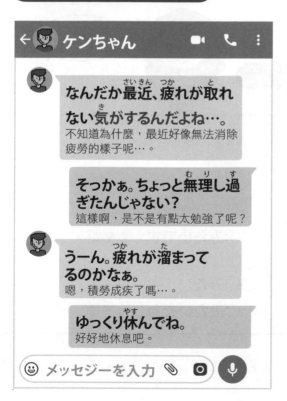

PATTERN 076

Track 076

〇〇みたいです。

似乎是〇〇。

這個句型是表示自己的推測，在談論不確定的事物時會經常使用。通常使用於較放鬆的交談之中，可以搭配名詞、動詞、形容詞一起使用。如果想要再禮貌一些，可以講「〇〇ようです」，但建議跟必須使用敬語的對象交談時還是盡量避免使用比較好。在親近的關係當中可以像「〇〇みたいだね」一樣在語尾加上「ね」，聽起來會更為自然。

01 跟著母語者說

必須使用敬語的對象	（不會對這類對象使用）
關係一般的對象	**〇〇ようです。** 似乎是〇〇。 （比較有禮貌的表達方式。） **〇〇みたいです。** 似乎是〇〇。
關係親近的對象	**〇〇みたい。** 似乎是〇〇。 **〇〇みたいだね。** 似乎是〇〇呢。

Bonus 搭配名詞時是「〇〇のようです」，搭配「な」形容詞則是「〇〇なようです」。

02 透過例句學習

近(ちか)くで、事故(じこ)があったようです。
這附近似乎發生事故了。

入口(いりぐち)は、こっちみたいですよ。
入口似乎是這邊的樣子。

最近(さいきん)、目(め)が悪(わる)くなったみたい。
最近視力好像變差了。

WORD

事故(じこ) 事故
入口(いりぐち) 入口
こっち 這邊
目(め)が悪(わる)くなる 眼睛變差、視力變得不好

03 與日本人會話

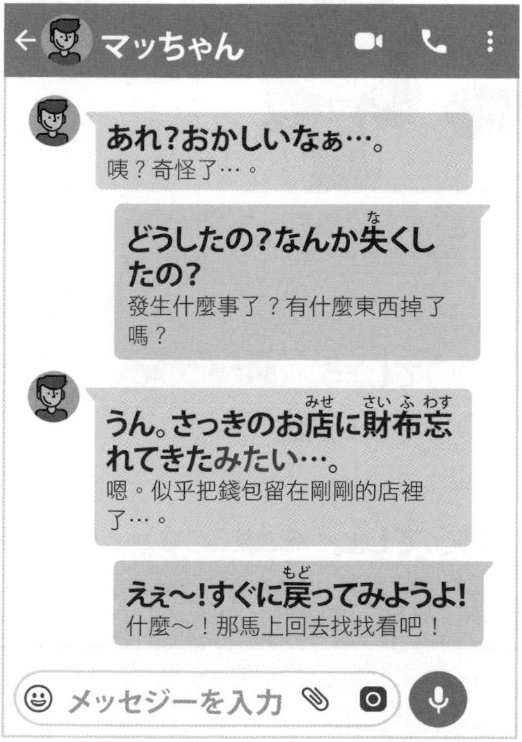

WORD

おかしい 奇怪
失(な)くす 遺失
財布(さいふ) 錢包
忘(わす)れてくる 忘記拿而留在
すぐに 馬上
戻(もど)る 回去

TIP

失(な)くす

為「弄丟」的意思，類似的表達方式還有「落(お)とす」。也可以使用「忘(わす)れる」表示一時忘記的意思。

PATTERN 077

Track 077

〇〇でしょう。

應該是〇〇吧。

這個句型是表示推測的「だろう」的敬語型態，用於表達自己的猜測。不建議對必須使用敬語的對象使用，主要出現在日常的對話中。如果想講得更自然的話可以在語尾加上「ね」，像是「〇〇でしょうね」這樣的用法非常的常見。

01 跟著母語者說

必須使用敬語的對象	（不會對這類對象使用）
關係一般的對象	**〇〇でしょう。** 應該是〇〇吧。 **〇〇でしょうね。** 應該是〇〇吧。
關係親近的對象	**〇〇でしょ。** 應該是〇〇吧。 **〇〇だろう。** 應該是〇〇吧。

02 透過例句學習

ご両親(りょうしん)も、きっと喜(よろこ)ばれるでしょう。
父母親應該一定很高興吧。

そりゃ、みんな楽(たの)しみにしてるでしょうね。
那個大家應該都很期待吧。

まさか。それ、冗談(じょうだん)だろう。
不會吧，那個應該是玩笑話吧。

> **WORD**
> **楽(たの)しみにする** 期待
> **冗談(じょうだん)** 玩笑話

> **TIP**
> **そりゃ**
> 為「それは」的縮略語，表示「那個（事物）」。「これは（這個事物）」也可以縮寫成「こりゃ」。

03 與日本人會話

なつ

うわぁ、急(きゅう)に降(ふ)り出(だ)してきたな…。
嗚哇，突然開始下雨了呢…

天気予報(てんきよほう)で雨(あめ)だって言(い)ってなかったのに。
氣象預報沒有說今天會下雨啊。

たぶん、にわか雨(あめ)じゃないかなぁ。
大概只是雷陣雨吧。

だよね。すぐに止(や)むでしょ。
對呀，應該馬上就會停的吧。

メッセジーを入力

> **WORD**
> **降(ふ)る** 下雨
> **天気予報(てんきよほう)** 天氣預報
> **雨(あめ)** 雨
> **たぶん** 大概
> **にわか雨(あめ)** 雷陣雨
> **止(や)む** 止住、停下

> **TIP**
> **～出(だ)す**
> 「出(だ)す」搭配動詞使用時會有「突然開始～」的意思，是在日常對話當中經常使用的表現方式。

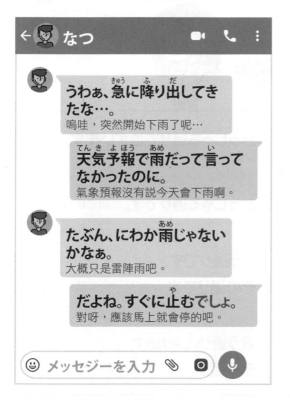

Track 078

PATTERN 078

言う通りです。

如你所說。

這個句型是用來表示同意或對對方的意見有所共鳴時的表達方式。在一般的關係當中主要會直接使用動詞「言う（說）」，或是「言う通りです（發言）」和類似的「その通りです」。若對方是必須使用敬語的對象的時候，為了表示對對方的尊敬，通常會使用最有禮貌的「おっしゃる（發言）」。

01 跟著母語者說

必須使用敬語的對象	**おっしゃる通りでございます。** 如您所言。 （最有禮貌的表達方式。） **おっしゃる通りです。** 如您所說。
關係一般的對象	**言う通りです。** 如你所說。 **その通りです。** 就是你說得那樣。
關係親近的對象	**言う通り。** 如你所說。 **その通り。** 就是你說得那樣。

02 透過例句學習

正(まさ)に、おっしゃる通(とお)りでございます。
確實就像您說得一樣。

間違(まちが)いなく、あなたの言(い)う通(とお)りでした。
沒錯，就像你說的一樣。

考(かんが)えてみると、お前(まえ)の言(い)う通(とお)りだったよ。
仔細想想，的確就像你說的一樣。

WORD

正(まさ)に 確實、正是
間違(まちが)いない 沒有錯誤
考(かんが)える 思考
～と 如果～的話

TIP

「あなた」與「お前(まえ)」
兩個都是「你」的第二人稱，但「お前(まえ)（你）」是男性們在稱呼朋友或是晚輩時才會使用的表達方式。

03 與日本人會話

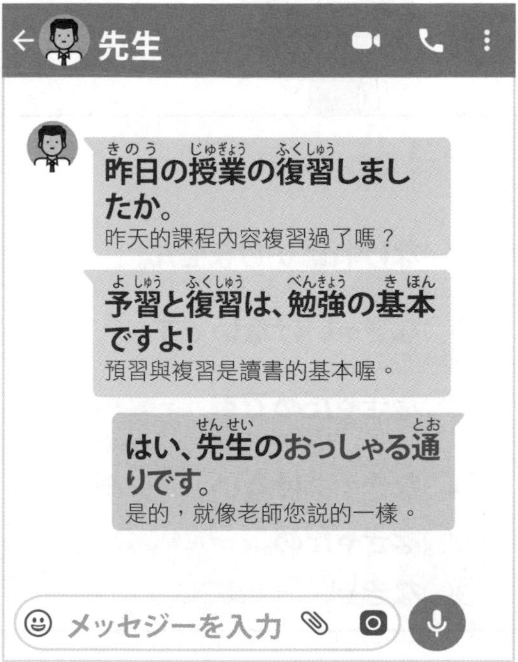

WORD

授業(じゅぎょう) 課程
復習(ふくしゅう) 複習
予習(よしゅう) 預習
基本(きほん) 基本

PATTERN
079 ○○なければいけません。

Track 079

一定要○○。

這個句型會搭配動詞的「ない」型，主要是給予對方建議的表達方式。又或者，想要表達自己強烈的決心時也可以使用。因為是比較強烈的表達，所以在使用時須特別留意。若對方是必須使用敬語的對象，通常不會去使用這個句型。跟關係親近的對象聊天時則可以說「○○なきゃいけない」或「○○なきゃだめ」等等。

01 跟著母語者說

必須使用敬語的對象	（不會對這類對象使用）
關係一般的對象	**○○なければいけません。** 一定要○○。（比較有禮貌的句型。） **○○なきゃいけないです。** 一定要○○。 **○○なきゃだめです。** 一定要○○。
關係親近的對象	**○○なきゃいけない。** 一定要○○。 **○○なきゃだめ。** 一定要○○。 **○○なきゃ。** 一定要○○。

Bonus 在日常對話當中，將「なければ」縮寫成「なきゃ」，「いけません」以「だめです」代替的話，聽起來會更為自然。

02 透過例句學習

目上(めうえ)の人(ひと)には、敬語(けいご)を使(つか)わなければいけません。

對長輩應該要用敬語才行。

日本(にほん)では、車(くるま)も人(ひと)も左側(ひだりがわ)を通(とお)らなきゃいけないです。

在日本，不管是車還是人應該都要靠左側通行才行。

遅(おく)れる時(とき)は、ちゃんと連絡(れんらく)しなきゃだめよ。

會遲到的時候，要確實地聯絡才行喔。

WORD

目上(めうえ)の人(ひと) 長輩
敬語(けいご) 敬語
車(くるま) 汽車
左側(ひだりがわ) 左側
通(とお)る 通過、經過
遅(おく)れる 遲到
ちゃんと 好好地、確實地

03 與日本人會話

小川さん

パクさんの会社(かいしゃ)って、日本(にほん)の会社(かいしゃ)だから、社員(しゃいん)の方(かた)はみんな日本語(にほんご)が上手(じょうず)でしょう。

朴先生的公司是日本來的，所以公司職員們應該全都很擅長日語吧。

ええ。だから、私(わたし)も日本語(にほんご)の勉強(べんきょう)を、もっと頑張(がんば)らなきゃいけないんです。

對呀。所以我也應該要更努力地學習日語才行。

メッセジーを入力

WORD

会社(かいしゃ) 公司
社員(しゃいん) 職員
上手(じょうず)だ 擅長

TIP

～の方(かた)

「方」在用來表示方向時會唸作「ほう」，而如果是用來表示「人」的尊敬語時則唸作「かた」。

PATTERN 080

Track 080

○○た方(ほう)がいいですよ。

○○比較好喔。

這個句型會搭配動詞的「た」型，是給予對方建議的表達方式當中最常見的一種，語尾加上「よ」聽起來會更為自然。如果需要更加謹慎的講法的話，可以使用帶有詢問對方意見涵義的「○○たほうがいいんじゃないですか」。這個句型不適合對必須使用敬語的對象的使用。

01 跟著母語者說

必須使用敬語的對象	（不會對這類對象使用）
關係一般的對象	**○○た方(ほう)がいいですよ。** ○○比較好喔。 **○○た方(ほう)がいいんじゃないですか。** ○○不是很好嗎？
關係親近的對象	**○○た方(ほう)がいいよ。** ○○比較好喔。 **○○た方(ほう)がいいんじゃない(↗)。** ○○不是很好嗎？

02 透過例句學習

ビタミンをたくさん摂(と)った方(ほう)がいいですよ。
最好要多多攝取維他命。

予約(よやく)をした方(ほう)がいいんじゃないですか。
先預約的話不是比較好嗎？

もう少(すこ)し待(ま)った方(ほう)がいいよ。
最好再等一下。

WORD

ビタミン 維他命
たくさん 多
摂(と)る 攝取
予約(よやく) 預約
待(ま)つ 等待

03 與日本人會話

山口さん

免税(めんぜい)の手続(てつづ)きって、どこでできるか知(し)ってますか。
你知道可以在哪邊辦理免稅手續嗎？

インフォでできるって聞(き)きましたけど…。もう一度(いちど)聞(き)いてみた方(ほう)がいいですよ。
聽說資訊服務站那邊就可以辦理了…，還是再問一次會比較好喔。

メッセジーを入力

WORD

免税(めんぜい) 免稅
手続(てつづ)き 手續、辦理
インフォ 資訊服務處（インフォメーション的縮略語）
もう一度(いちど) 再一次

TIP

聞(き)く

有「聽、問」兩個意思。想要更有禮貌地表示「詢問」可以講「尋(たず)ねる」。

生活日本語

讓我們來熟悉一下在日本當地現實生活中經常會聽到的句子。

在政府機關

1. **番号札を取って、お待ちください。**

   請先抽取號碼牌，然後暫時等待一下。

2. **お掛けになって、お待ちください。**

   請您先稍坐著等待一下。

3. **申請書にご記入ください。**

   請先填寫申請書。

4. **申込書、顔写真、パスポートが必要です。**

   需要申請書與大頭照以及護照。

5. **1番の窓口へどうぞ。**

   請到1號櫃檯。

6. **身分証明書をご提示ください。**

   請出示您的身分證件。

7. **インターネットバンキングのサービスはご希望でしょうか。**

   請問是想要申請網路銀行的服務嗎？

8. **中身は何が入っていますか。**

   裡面裝了什麼呢？

9. **ご署名とご捺印をお願いします。**

   請您簽名並蓋章。

10. **受取窓口にてお受け取りください。**

    請到收件處辦理簽收。

Chapter 09

表示指責與安慰的表達方式

與他人談話的過程有時候難免會感到不悅而會想指責對方，也有時候會想要安慰正傷心的對象，但在日語當中，這些都不會直接地表達出來，這點非常的重要。現在就讓我們一起來了解看看吧。

- Pattern 081 **だめです。**不行。
- Pattern 082 **どういうことですか。**什麼意思？
- Pattern 083 **やめてください。**請不要這樣做。
- Pattern 084 **とぼけないでください。**別裝了。
- Pattern 085 **からかわないでください。**別作弄人了。
- Pattern 086 **大丈夫(だいじょうぶ)ですよ。**會沒事的。
- Pattern 087 **頑張(がんば)ってください。**請加油。
- Pattern 088 **大変(たいへん)でしたね。**應該很辛苦吧。
- Pattern 089 **残念(ざんねん)でしたね。**真可惜呢。
- Pattern 090 **お気(き)の毒(どく)ですね。**真遺憾呢。

PATTERN 081

だめです。

不行。

這個句型雖然常用於指責他人，但是也可以使用於拒絕或建議他人等各種不同的情況。但由於這種表達方式非常的強烈，所以在使用的時候也要注意考慮到對方的心情。尤其如果彼此是必須要使用敬語的關係，通常會使用較為婉轉的「よくないです」。而如果是親近的關係的話，可以直接使用「だめ」或是片假名的「ダメ」。

不行。

01 跟著母語者說

👔 必須使用敬語的對象	**よくないです。** 這樣不好。
☕ 關係一般的對象	**だめです。** 不行。 **いけません。** 不行。
🎮 關係親近的對象	**だめ。** 不可以。 **ダメ。** 不可以。 （要傳送文字訊息或收到文字訊息時，經常使用的句型。）

Bonus 像前面學過的「○○てはいけません（不行做～）」、「○○てはだめです（不可以做～）」也很常使用。

02 透過例句學習

連絡(れんらく)しないで、訪問(ほうもん)するのはよくないですね。
沒有先聯絡就直接過去拜訪，這樣不太好吧。

相手(あいて)の許可(きょか)もなく、決(き)めるのはだめです。
沒有得到對方的同意，不可以擅自決定。

そんなに雑(ざつ)に使(つか)っちゃだめだよ。
不可以那樣粗魯地使用。

WORD

訪問(ほうもん)する 拜訪
相手(あいて) 對方
許可(きょか) 同意
～もなく ～也沒有
決(き)める 定下、決定
雑(ざつ)だ 粗糙、粗魯

03 與日本人會話

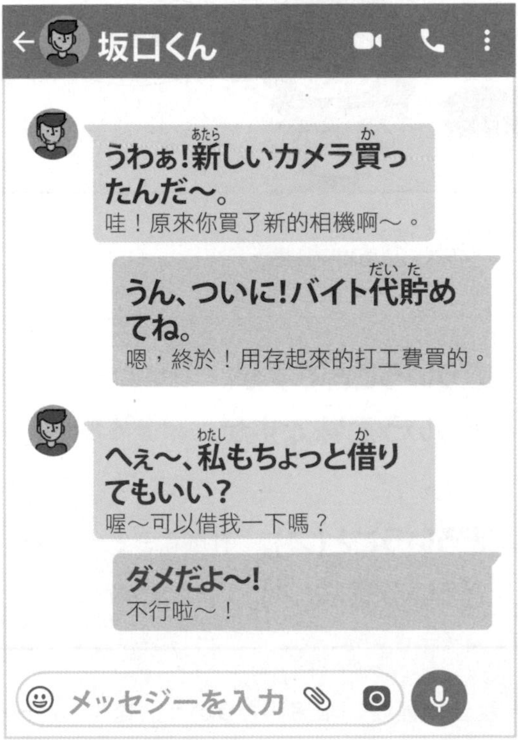

WORD

カメラ 相機
ついに 終於
バイト代(だい) 打工費（打工賺來的錢）
貯(た)める 存錢、儲蓄
借(か)りる 借用

TIP

～代(だい)

在日語當中會使用像是「名詞＋代(だい)」的方式表示「～的錢」，所以像「アルバイト代(だい)」就是指「打工所賺來的費用」的意思。

Track 082

PATTERN

082 どういうことですか。

什麼意思？

這個句型用在無法理解對方的話時，向對方要求解釋。也可以用於有聽懂對方說的話，但是對其內容感到不悅、語帶責怪的追問對方究竟是什麼意思的時候。正式場合通常不會使用，主要出現於一般關係的談話之中，相似的表達方式還有「どういう意味ですか」。

01 跟著母語者說

必須使用敬語的對象	（不會對這類對象使用）
關係一般的對象	**どういうことですか。** 什麼意思？ **どういう意味ですか。** 什麼意思？
關係親近的對象	**どういうこと(↗)。** 什麼意思？ **どういう意味(↗)。** 什麼意思？

Bonus 在日常對話當中因為發音較輕鬆，常將「どういう」唸作「どーゆー」。

02 透過例句學習

今更(いまさら)無理(むり)だなんて、どういうことですか。

現在才說沒辦法，是什麼意思？

一体(いったい)、どういう意味(いみ)ですか。

到底是什麼意思？

全部(ぜんぶ)嘘(うそ)だったって、どういうこと(↗)。

你說全部都是謊話是什麼意思？

WORD

今更(いまさら) 現在才

無理(むり)だ 沒辦法、不可能

一体(いったい) 到底

嘘(うそ) 謊話

03 與日本人會話

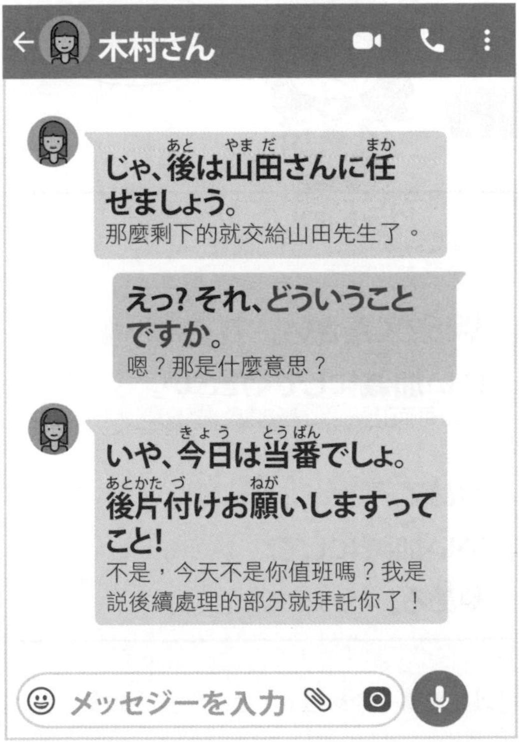

木村さん
じゃ、後(あと)は山田(やまだ)さんに任(まか)せましょう。
那麼剩下的就交給山田先生了。
えっ? それ、どういうことですか。
嗯？那是什麼意思？
いや、今日(きょう)は当番(とうばん)でしょ。後片付(あとかたづ)けお願(ねが)いしますってこと!
不是，今天不是你值班嗎？我是說後續處理的部分就拜託你了！
メッセジーを入力

WORD

後(あと) 剩下的事、後續的事

任(まか)せる 託付

当番(とうばん) 值班

後片付(あとかたづ)け 善後、後續處理

TIP

「任(まか)せる」與「預(あず)ける」

「任(まか)せる」指的是交付事情、責任、權限等抽象的事物，相似的「預(あず)ける」則主要使用於交付錢、行李或是物品等較為具體的東西。

PATTERN 083

Track 083

やめてください。

請不要這樣做。

這個句型使用了「やめる（住手）」這個動詞，是表達指責的方式當中態度較為強硬的一種，因此不建議對必須使用敬語的對象使用，而在日常的對話當中也不該隨便使用。相似的表達方式還有「いい加減にしてください」，這也是屬於較為強硬的講法，使用上也要小心。

01 跟著母語者說

必須使用敬語的對象	（不會對這類對象使用。）
關係一般的對象	**やめてください。** 請不要這樣做。 **いい加減にしてください。** 請適可而止。（比較親近的關係）
關係親近的對象	**やめて。** 停止。 **いい加減にして。** 適可而止。 **やめろ。** 住手。

Bonus 在親近的關係當中也可以直接講「やめろ」，由於完全是命令形所以語氣最為強硬。

02 透過例句學習

電車(でんしゃ)の中(なか)で通話(つうわ)するのは、やめてください。

請停止在電車內講電話。

あの人(ひと)の悪口(わるぐち)を言(い)うのは、やめてください。

請別再說那個人壞話。

もういい加減(かげん)にして。これ以上(いじょう)、散(ち)らかさないで。

給我適可而止，別再搞亂了。

WORD

電車(でんしゃ) 電車
通話(つうわ)する 講電話
あの人(ひと) 那個人
悪口(わるぐち)を言(い)う 說壞話
これ以上(いじょう) 再
散(ち)らかす 搞亂、弄得髒亂

03 與日本人會話

村上さん

あ!ちょっとケータイ借(か)りました。
啊，我剛剛暫時借了一下你的手機。

え?私(わたし)が席(せき)を外(はず)してる間(あいだ)に?
咦？在我不在座位上的時候嗎？

へへ。私(わたし)の、充電(じゅうでん)がなくて…。
嘿嘿，因為我的手機沒電了…。

もう~!勝手(かって)に使(つか)うの、やめてくださいよ!
真是的～！請不要隨便亂用別人的東西！

メッセジーを入力

WORD

ケータイ 手機
席(せき)を外(はず)す 離席
間(あいだ) ～的時候
勝手(かって)に 隨意的、隨便的

TIP

充電(じゅうでん)がない

原本「充電(じゅうでん)」就是表示充電的意思，在日語當中要表示手機沒電的情況時常會使用「充電(じゅうでん)がない」，也可以說「バッテリー切(き)れ（電池沒電了）」，但較少見。

PATTERN 084

Track 084

とぼけないでください。

別裝了。

這個句型中的動詞「とぼける」的意思為「裝蒜」，用來指責正假裝自己不知道某件事物的對象。語氣較為強硬，所以不會對必須使用敬語的對象使用，而可能在與親戚朋友等較為親近的對象談話時出現。如果與談話的對方是非常親近的關係，也可以使用「しらばっくれないで」，但指責的語氣會更加強烈。

01 跟著母語者說

必須使用敬語的對象	（不會對這類對象使用）
關係一般的對象	**とぼけないでください。** 別裝了。 （稍微更親近的關係。）
關係親近的對象	**とぼけないで。** 別裝了。 **しらばっくれないで。** 不要裝作不知道。

02 透過例句學習

話(はなし)は全部(ぜんぶ)聞(き)きましたから、とぼけないでください。

我全都聽說了，所以請別再裝蒜了。

もういい加減(かげん)、とぼけないで。

夠了吧，別裝了。

しらばっくれないで、白状(はくじょう)しろ。

不要裝作不知道了，說實話。

WORD

話(はなし) 故事、話

全部(ぜんぶ) 全部、全都

白状(はくじょう)する 自白

TIP

いい加減(かげん)

作為副詞時是「夠了」或「別再」的意思。

03 與日本人會話

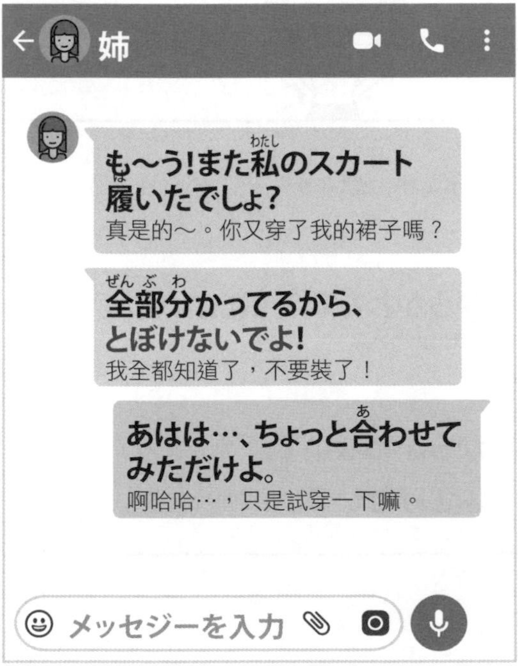

姉
も～う！また私(わたし)のスカート履(は)いたでしょ？
真是的～。你又穿了我的裙子嗎？
全部(ぜんぶ)分(わ)かってるから、とぼけないでよ！
我全都知道了，不要裝了！
あはは…、ちょっと合(あ)わせてみただけよ。
啊哈哈…，只是試穿一下嘛。
メッセジーを入力

WORD

スカート 裙子

履(は)く 穿（衣服褲子類）、穿（鞋子）

合(あ)わせる 試穿

TIP

「履(は)く」與「着(き)る」

在日語當中，表示穿衣服的表達方式有兩種。上衣的部分使用「着(き)る」，裙子或褲子的部分則使用「履(は)く」，兩者的使用方法是分開來的。而穿襪子或鞋子的時候也是使用「履(は)く」。

PATTERN 085

からかわないでください。

Track 085

別作弄人了。

這個句型使用了意為「作弄」的動詞「からかう」，主要用於指責對方。不會對必須使用敬語的對象使用，較常見於和關係一般或親近的對象的對話當中。在談話對象是比較親近的人時，語中除了指責的語氣之外，也有可能帶著開玩笑的感覺。相似的表達方式還有「ふざけないで」，但是這屬於語氣很強硬的句型，使用上要小心。

01 跟著母語者說

必須使用敬語的對象	（不會對這類對象使用）
關係一般的對象	**からかわないでください。** 請別作弄人了。
關係親近的對象	**からかわないで。** 別作弄人了。 **ふざけないで。** 別開玩笑了。

02 透過例句學習

私(わたし)は本気(ほんき)なんですから、からかわないでください。

我是很認真的，所以別作弄人了。

ちょっと間違(まちが)えたからって、からかわないでよ。

只是有點搞錯而已，別作弄人了。

ふざけないで、真剣(しんけん)に考(かんが)えてよ。

別開玩笑了，認真的好好想一想。

03 與日本人會話

ケンちゃん

ねぇ、この前(まえ)、合(ごう)コンしたんだって?

聽說你上次去聯誼了？

あ…、急(きゅう)に呼(よ)び出(だ)されて、行ったただけだよ。

啊…，突然被叫去所以去看看了而已啦。

で、気(き)に入(い)った人(ひと)いたの?

所以有看到心儀的人嗎？

だから、違(ちが)うって! からかわないでよ。

就說不是那樣了！別作弄人了。

メッセジーを入力

WORD

間違(まちが)える 不對、錯誤

真剣(しんけん)だ 真摯的

TIP

本気(ほんき)

意為「真心、認真」的意思。「真心(まごころ)」是表示「誠意」的意思，兩者有點容易混淆，應特別注意。

WORD

合(ごう)コン （男女一起的）聯誼

呼(よ)び出(だ)す 呼叫、叫出來

気(き)に入(い)る 滿意的

TIP

違(ちが)う

想要表示不同意對方說的話時最常用的表現方式，「違(ちが)う」有「錯誤的、不同的」等涵義。這個字隨場合及語氣可以變化成數種不同的意思，應特別小心。

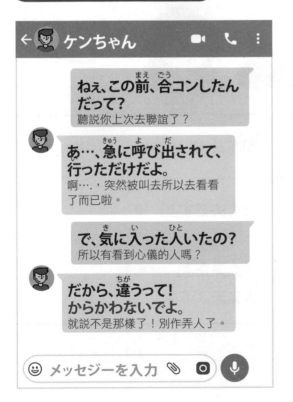

PATTERN 086

Track 086

大丈夫（だいじょうぶ）ですよ。

會沒事的。

這個句型主要是在要安慰對方時使用。大家都知道「大丈夫（だいじょうぶ）だ」是「沒問題」的意思，但是如果與「ですよ」一起搭配使用的話就可以用來表達「應該會沒問題啦」的意思。這個句型在一般對話或是較為親近的關係對話當中較常見，不適合在正式場合用，如果想表達類似的意思，可以換成「問題（もんだい）ありませんよ」。

01 跟著母語者說

必須使用敬語的對象	**問題（もんだい）ありませんよ。** 會沒問題的。
關係一般的對象	**大丈夫（だいじょうぶ）ですよ。** 會沒事的。
關係親近的對象	**大丈夫（だいじょうぶ）だよ。** 沒事的。 **大丈夫（だいじょうぶ）。** 沒事。

02 透過例句學習

その取引(とりひき)に関(かん)しては、全(まった)く問題(もんだい)ありませんよ。
關於那筆交易，完全不會有問題的。

手術(しゅじゅつ)は無事(ぶじ)に終(お)わったから、大丈夫(だいじょうぶ)ですよ。
手術順利地結束了，所以會沒事的。

そんなに心配(しんぱい)しなくても、大丈夫(だいじょうぶ)だよ。
不用太擔心，會沒事的。

WORD

取引(とりひき) 交易
～に関(かん)しては 關於～
全(まった)く 完全不
手術(しゅじゅつ) 手術
無事(ぶじ)に 順利地
終(お)わる 結束

03 與日本人會話

小川さん

明日(あした)、就職(しゅうしょく)の面接(めんせつ)なんです。
明天要去工作的面試。

ええ、そうなんですか。
啊，那樣啊？

なんだか、今(いま)から緊張(きんちょう)してきました。
不知道為什麼，現在就開始緊張了。

大丈夫(だいじょうぶ)ですよ！うまくいきますよ。
沒事的！會很順利的。

メッセジーを入力

WORD

面接(めんせつ) 面試
なんだか 不知道為什麼、不知怎麼回事
今(いま)から 從現在開始
緊張(きんちょう)する 緊張、變得緊張
うまくいく 順利進行

TIP

就職(しゅうしょく)

這個詞在日語當中有「就職、就業」兩個意思。要注意日語的「就業(しゅうぎょう)」主要是用來表達「開始工作」的意思。

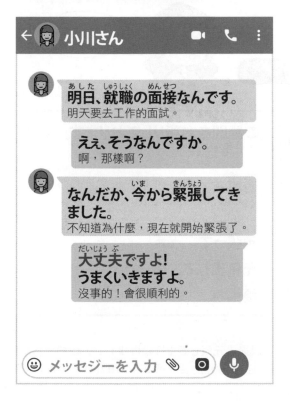

PATTERN 087

Track 087

頑張(がんば)ってください。

請加油。

這個句型是「努力、加油」等意思的動詞「頑張(がんば)る」的命令形+敬語講法，是在幫對方加油或給予安慰時最使用的表達方式。若對方是必須使用敬語的對象的時候並不適合使用，若是想要向他們表達支持的話可以使用較為正式的「ご健闘(けんとう)をお祈(いの)りしております」。也可以在跟關係一般的對象交談時使用，但近年日本跟台灣都有不能隨便給別人加油而添加壓力的風氣，講的時候需要謹慎判斷。

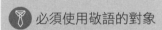

01 跟著母語者說

必須使用敬語的對象	**ご健闘(けんとう)をお祈(いの)りしております。** 希望您振作。
關係一般的對象	**頑張(がんば)ってください。** 請加油。 （稍微更親近一點的關係）
關係親近的對象	**頑張(がんば)って。** 加油。 **元気出(げんきだ)して。** 振作。 **頑張(がんば)れ。** 加油啦。

Bonus 在親近的關係當中也可以講「元気(げんき)して（打起精神）」，但如果想要用命令句的方式更加強烈地表達激勵的話則可使用「頑張(がんば)れ（加油）」。

02 透過例句學習

ご健闘を心よりお祈りしております。
真心希望您能振作起來。

あまり無理しない程度に、頑張ってください。
請在不勉強自己的前提下好好加油吧。

そんなに落ち込まないで、元気出して。
不要這麼悶悶不樂，振作起來。

WORD

心より 真心地
程度 程度

TIP

落ち込む

字面上的意思是「掉入了很深的地方」，通常用來形容「心情低落、憂鬱」。

03 與日本人會話

なつ

どうしたの？元気ないね。
發生什麼事了嗎？很沒精神呢。

うん。実は、彼にフラれちゃって…。
嗯，其實是男朋友跟我分手了。

そっかぁ。でも、またいい人見つかるよ。頑張って！
原來如此，但將來一定還是會找到好對象的，加油！

ありがとう。頑張るよ！
謝謝。我會加油的！

メッセジーを入力

WORD

元気(が)ない 沒精神
実は 事實上
彼 他、男朋友
フラれる 被甩
いい人 好對象
見つかる 找到

TIP

頑張るよ

這邊並不是幫對方加油的意思，而是表示會自己會加油的。

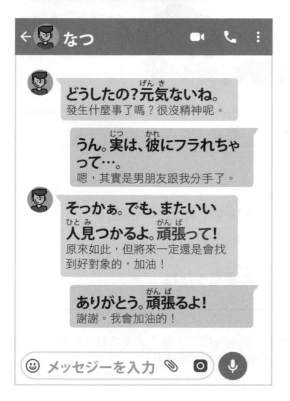

PATTERN 088

Track 088

大変（たいへん）でしたね。

應該很辛苦吧。

這個句型是用來表示覺得對方應該很辛苦時，給於慰勞的表達方式。使用了「大変（たいへん）だ（辛苦）」的過去型態「大変（たいへん）でした（辛苦了）」並加上「ね」來表示「應該很辛苦吧」意思。如果是在正式的場合當中要對長輩使用的話，建議可以和「お疲（つか）れになりましたでしょう」一起使用最為適切。而如果是在親近的關係當中，則可以講「大変（たいへん）だったね」。

01 跟著母語者說

必須使用敬語的對象	**お疲（つか）れになりましたでしょう。** 辛苦您了。
關係一般的對象	**大変（たいへん）でしたね。** 辛苦了。
關係親近的對象	**大変（たいへん）だったね。** 辛苦了。

Bonus 「大変（たいへん）ですね（你應該很辛苦吧）」與「大変（たいへん）だね（你應該很辛苦吧）」兩者的現在式與過去式都經常被使用。

02 透過例句學習

遠方(えんぽう)への出張(しゅっちょう)で、お疲(つか)れになりましたでしょう。
去那麼遠的地方出差，辛苦您了。

去年(きょねん)は、お子(こ)さんの受験(じゅけん)で大変(たいへん)でしたね。
去年你家孩子們考試，很辛苦吧。

全(すべ)てが初(はじ)めての経験(けいけん)で、大変(たいへん)だったね。
全部都是初次體驗，辛苦你了。

WORD

遠方(えんぽう) 很遠的地方
お子(こ)さん 對方的子女（尊稱）
受験(じゅけん) 考試
全(すべ)て 全部
初(はじ)めて 初次

03 與日本人會話

← 山崎さん

先週(せんしゅう)は、引(ひ)っ越(こ)しで大変(たいへん)でしたね。
上禮拜因為搬家的緣故，應該很辛苦吧。

ホント。でも、やっと片付(かたづ)きましたよ。
對啊。但總算是整理好了。

じゃあ、近(ちか)いうち遊(あそ)びに行(い)ってもいいですか。
那麼，近日內可以去你家玩嗎？

ええ、是非来(ぜひき)てください。
是的，請一定要來。

メッセジーを入力

WORD

引(ひ)っ越(こ)し 搬家
やっと 好不容易、總算
片付(かたづ)く 整理
遊(あそ)ぶ 玩耍
～に行(い)く 去～

TIP

近(ちか)いうち(に)

意為「近日內」，並不是指距離上的遠近，而是指時間上的最近。

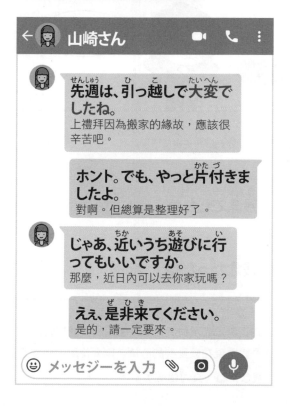

PATTERN 089

Track 089

残念(ざんねん)でしたね。

真可惜呢。

這個句型是用來安慰正在感到遺憾的對象時所會使用的表達方式。「残念(ざんねん)だ」有「可惜的、遺憾的」等意思，想要表達自身感到可惜的時候也可以使用。對方是必須使用敬語的對象的時候並不會使用這個句型，主要比較常見於較為親近的對話當中。如果是很親近的關係則可以講「残念(ざんねん)だったね」。

01 跟著母語者說

必須使用敬語的對象	（不會對這類對象使用）
關係一般的對象	**残念(ざんねん)でしたね。** 真可惜呢。
關係親近的對象	**残念(ざんねん)だったね。** 真可惜呢。

Bonus 這個句型經常使用過去式表現，表示對於過去發生過的事情感到惋惜。如果是要表示自己、或是對方現在感受到的心情，則會使用「残念(ざんねん)ですね（真可惜呢）」、「残念(ざんねん)だね（真可惜呢）」。

02 透過例句學習

優勝(ゆうしょう)できなくて、残念(ざんねん)でしたね。
沒贏得比賽，真可惜呢。

せっかくのチャンスだったのに、残念(ざんねん)でしたね。
是難得的機會耶，真可惜呢。

頑張(がんば)ったのに、残念(ざんねん)だったね。
很用心地做了說，真可惜呢。

WORD

優勝(ゆうしょう)する 獲勝
チャンス 機會（chance）
～のに 明明是～
頑張(がんば)る 用心、努力

03 與日本人會話

河口さん

運動会(うんどうかい)が雨(あめ)で中止(ちゅうし)になっちゃったんです。
運動會因為下雨所以中止了。

え?楽(たの)しみにしてたのに、残念(ざんねん)でしたね。
咦？一直都很期待的呢，真可惜呢。

ええ。頑張(がんば)って練習(れんしゅう)もしたのに…。
對呀，也很認真地練習了說…

また次(つぎ)の機会(きかい)がありますよ。
還會再有下次機會的。

メッセジーを入力

WORD

運動会(うんどうかい) 運動會
雨(あめ) 雨
中止(ちゅうし)になる 中斷
楽(たの)しみにする 期待
練習(れんしゅう) 練習
次(つぎ)の機会(きかい) 下次的機會

TIP

雨(あめ)です

日語中想表示下雨的天氣時，通常會直接使用沒有動詞的「雨(あめ)です」來表達。

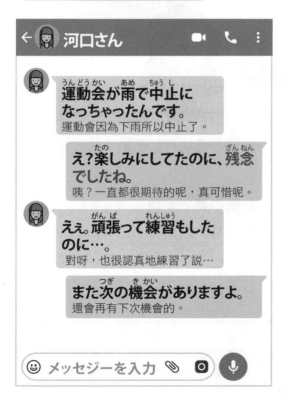

PATTERN 090

Track 090

お気(き)の毒(どく)ですね。

真遺憾呢。

這個句型主要是用來表示對於他人的不幸、痛苦、苦難感同身受，而給予對方安慰。「気(き)の毒(どく)」是「傷心」的意思，原本是用來表示自己的痛心，但如果對他人的痛苦感到同情而感到難受時也可以使用。無論是跟必須使用敬語的對象對話，還是跟一般關係的對象交談，都應該視情況而謹慎使用。

01 跟著母語者說

必須使用敬語的對象	**お気(き)の毒(どく)に存(ぞん)じます。** 真是遺憾。
關係一般的對象	**お気(き)の毒(どく)ですね。** 真遺憾呢。 **気(き)の毒(どく)に思(おも)います。** 真是遺憾。
關係親近的對象	**残念(ざんねん)だったね。** 真遺憾呢。

Bonus 這個句型雖然也可以與「お気(き)の毒(どく)に」一起使用，但是如果直接這樣說的話也有可能會給人挖苦的感覺，所以應盡量避免。建議與上面的句型一起委婉地使用為佳。

02 透過例句學習

お母様(かあさま)が怪我(けが)されたそうで、お気(き)の毒(どく)に存(ぞん)じます。

聽說令堂受傷了，真是遺憾。

泥棒(どろぼう)に入(はい)られたなんて、それはお気(き)の毒(どく)ですね。

聽說遭了小偷，真是太遺憾了。

その話(はなし)は、本当(ほんとう)に気(き)の毒(どく)に思(おも)います。

那件事真的太遺憾了。

WORD

お母様(かあさま) 母親

怪我(けが)する 受傷

泥棒(どろぼう) 小偷

TIP

泥棒(どろぼう)に入(はい)られる

字面上是「小偷進來」的被動形態，只要直接解釋成「遭小偷」即可。

03 與日本人會話

山口さん

木村(さむら)さん、病気(びょうき)だって聞(き)いたんですけど。

聽說木村小姐生病了。

ええ。来週(らいしゅう)、手術(しゅじゅつ)するらしいですよ。

是的，聽說下禮拜要動手術。

それはお気(き)の毒(どく)ですね。明日(あした)、お見舞(みま)いに行(い)きましょうか。

那真是太遺憾了，那明天要不要去探病呢？

メッセジーを入力

WORD

病気(びょうき) 生病

来週(らいしゅう) 下禮拜

手術(しゅじゅつ) 手術

～らしい 聽說～

お見舞(みま)い 探病

TIP

病気(びょうき)だ

指「生病」，日語裡表示不舒服時通常會說「痛(いた)い」或是「気持(きもち)ち悪(わる)い」。

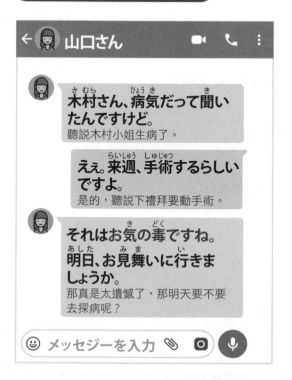

生活日本語

讓我們來熟悉一下在日本當地現實生活中經常會聽到的句子。

在衣服店／商店內：

1. 本日(ほんじつ)はご来店(らいてん)いただきまして、誠(まこと)にありがとうございます。

真心感謝您今天的蒞臨。

2. 何(なに)かお探(さが)しですか。

您在找什麼商品嗎？

3. どうぞごゆっくりご覧(らん)ください。

請慢慢逛。

4. ご試着(しちゃく)もできますので、よろしければお試(ため)しください。

衣服都可以試穿，方便的話，請試試看。

5. ご試着(しちゃく)は、お一人様(ひとりさま)2点限(てんかぎ)りです。

試穿的時候，每位每次只能帶兩件。

6. かしこまりました。少々(しょうしょう)お待(ま)ちくださいませ。

我知道了，請暫時稍等一下。

7. お会計(かいけい)はあちらでお願(ねが)いします。

麻煩結帳請到那邊。

8. 返品(へんぴん)、交換(こうかん)の際(さい)はレシートをお持(も)ちください。

如果想要換貨、退貨的話，請帶著收據一起來。

9. パスポートをお願(ねが)いします。

請出示護照。

10. ご自宅用(じたくよう)ですか。

這個東西是您自己要用的嗎？

Chapter 10

表示稱讚與自謙的表達方式

日本人因為經常需要考慮對方心情，所以對於小事也會給予大大的稱讚，
而對於他人對自己的稱讚，則會謙虛地不直接接受，這類的表達方式相當多樣。
現在就讓我們來看看要怎麼樣才能說得像日本人一樣吧。

PATTERN 091

Track 091

さすがですね。

果然很厲害呢。

這個句型用來表示向對方的讚美。若對方是必須使用敬語的對象的時候不能直接使用，而需要改用「感銘を受けました」。在一般來往當中則經常出現這個句型，若想解釋稱讚對方什麼地方，可以改用「さすが○○ですね」，而如果跟對方是很親近的關係則可以只講「さすが」。

01 跟著母語者說

必須使用敬語的對象	**感銘を受けました。** 我深受感動。
關係一般的對象	**さすがですね。** 果然很厲害呢。 **さすが○○ですね。** 果然不愧是○○呢。
關係親近的對象	**さすが。** 果然厲害。 **さすが○○だね。** 果然不愧是○○呢。

Bonus 經常和「すごい（偉大的、厲害的）」等單字一起使用。

02 透過例句學習

先生(せんせい)のお言葉(ことば)に、感銘(かんめい)を受(う)けました。

老師說的話令我深受感動。

問題(もんだい)を一人(ひとり)で解決(かいけつ)するなんて、さすがですね。

竟然自己一個人就把問題解決了，果然很厲害呢。

さすが、一流(いちりゅう)のホテルだね。

果然是一流的飯店呢。

WORD

お言葉(ことば) 話語

問題(もんだい) 問題

一人(ひとり)で 自己一個人

解決(かいけつ)する 解決

一流(いちりゅう) 一流的

ホテル 飯店

03 與日本人會話

小川さん

面接試験(めんせつしけん)に合格(ごうかく)しました。

我面試合格了。

えぇ～!一発(いっぱつ)で合格(ごうかく)したんですか。

喔～？一次就合格了嗎？

はい!ダメかと思(おも)ったんですけど…。

是的，我原本以為不會通過的…。

いやぁ～、さすがですね。

哇～果然很厲害呢。

メッセジーを入力

WORD

面接試験(めんせつしけん) 面試

合格(ごうかく)する 合格

一発(いっぱつ)(で) 一次就、一舉就

TIP

～かと思(おも)った

意思是「原本認為～」，在對話當中經常用做「我以為～」的意思使用。

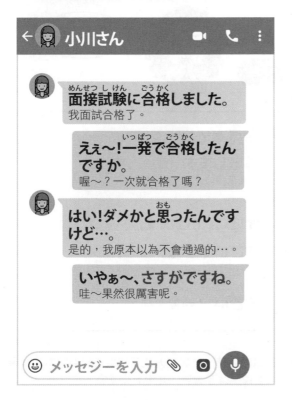

PATTERN

092

Track 092

すばらしいですね。

很了不起呢。

這個句型通常使用於要稱讚對方「優秀」的時候，但是直接對必須使用敬語的對象使用的話則會顯得有些失禮，建議搭配類似涵義的「お見事(みごと)です」與「尊敬(そんけい)します」一起使用為佳。而如果是較為親近的關係則也可以改用前面曾經學過的「すごい」。

01 跟著母語者說

必須使用敬語的對象	**お見事(みごと)です。** 很了不起。 **尊敬(そんけい)します。** 很令人尊敬。 （建議兩個句型一起搭配使用）
關係一般的對象	**すばらしいですね。** 很了不起呢。 **すごいですね。** 很厲害呢。
關係親近的對象	**すごい。** 厲害。

Bonus 在跟必須使用敬語的長輩談話時，此表達方式可能會冒犯到對方。必須使用較為正式的句型來表達，才不會讓人覺得有失禮節。

02 透過例句學習

先生(せんせい)の作品(さくひん)、お見事(みごと)ですね。尊敬(そんけい)します。

老師的作品真了不起，讓人尊敬。

彼女(かのじょ)の料理(りょうり)の腕前(うでまえ)は、とてもすばらしいですね。

那個女生的料理手藝很厲害呢。

さすが、アイディアがすごいね。

果然厲害，這主意真棒呢。

WORD

作品(さくひん) 作品

料理(りょうり) 料理

腕前(うでまえ) 手藝、能力

とても 非常、很

アイディア 點子

03 與日本人會話

河口さん

やっぱり来(き)てよかったですね。

果然來對了呢。

ホント！景色(けしき)がすばらしいですね。

對啊！景色真是太棒了。

私(わたし)の想像以上(そうぞういじょう)です。

超出我的想像。

是非(ぜひ)また来(き)たいですね。

一定要再來一次。

メッセジーを入力

WORD

景色(けしき) 景色

想像以上(そうぞういじょう) 超出想像

是非(ぜひ) 一定、必須

TIP

～てよかった

動詞「て」型搭配「よかった」，表示「做～真是做對了、幸好有做～」。

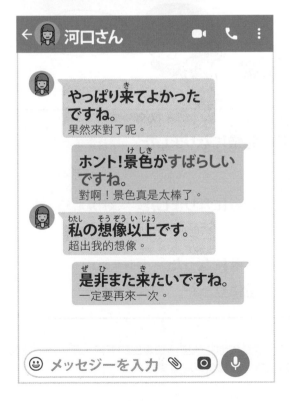

PATTERN 093

Track 093

参考になりました。

很有幫助。

這個句型表示對方的言行對自己很有「参考（參考）」的價值，是一種用來表達對對方的尊敬的方式。若對方是必須使用敬語的對象的時候，通常會使用更為正式的「勉強になりました」，這個講法意思雖然不變，但字面上表示對方給自己上了一課，感覺更為謙卑。如果是與對方是更為親近的關係，可以使用「参考になった」或「役に立った」。

01 跟著母語者說

必須使用敬語的對象	**勉強になりました。** 讓我上了一課。
關係一般的對象	**参考になりました。** 很有幫助。
關係親近的對象	**参考になった。** 很有幫助。 **役に立った。** 很有用。

Bonus 單純講這一句的話多少會給人你在說空話拍馬屁的感覺，所以講的時候建議更具體的說明哪裡讓你感到有幫助會更好。

02 透過例句學習

ご意見(いけん)をいただけて、非常(ひじょう)に勉強(べんきょう)になりました。
您給我的意見真讓我上了一課。

この資料(しりょう)はとても参考(さんこう)になりました。
這份資料很有幫助。

ブログの情報(じょうほう)が、役(やく)に立(た)ったよ。
部落格的資訊派上用場了。

WORD

意見(いけん) 意見
非常(ひじょう)に 相當地
資料(しりょう) 資料
ブログ 部落格
情報(じょうほう) 資訊

03 與日本人會話

先輩

先輩(せんぱい)！今月(こんげつ)いっぱいで、辞(や)められるそうで…。
前輩！聽說你只工作到這個月，就會辭職離開了。

うん…。田舎(いなか)に帰(かえ)ることになっちゃってね。
嗯…，因為要回去鄉下。

先輩(せんぱい)と一緒(いっしょ)に働(はたら)けて、とても勉強(べんきょう)になりました。
能跟前輩一起工作，我受益良多。

メッセジーを入力

WORD

今月(こんげつ) 這個月
いっぱい 到～為止
辞(や)める 辭職
田舎(いなか) 鄉下
帰(かえ)る 回去
働(はたら)く 工作、上班

TIP

今月(こんげつ)いっぱい
與時間長度一起使用時，「いっぱい」是表示在「～之內」，「到～為止」的意思。

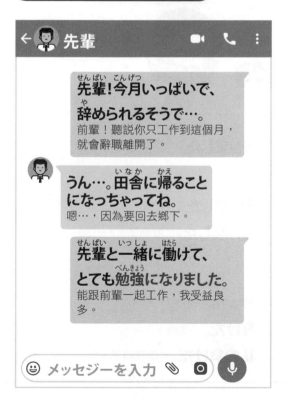

PATTERN 094

Track 094

参(まい)りました。

甘拜下風。

這個句型是「参(まい)る」的過去型態的敬語版本，是「行(い)く（去）」、「来(く)（來）」的謙讓語，同時也向對方傳達「我輸了、投降了」的意思。對方是長輩或是上司的時候，為了稱讚對方的實力而故意早早認輸的情況在日本很常見。而在一般關係的談話當中，也同樣會用來表示在某件事中敗北、投降的意思。

01 跟著母語者說

必須使用敬語的對象	**参(まい)りました。** 甘拜下風。
關係一般的對象	**参(まい)りました。** 甘拜下風。 **負(ま)けました。** 我輸了。 （稍微更親近的關係）
關係親近的對象	**参(まい)った。** 我輸了。 **負(ま)けた。** 我輸了。 **私(わたし)の負(ま)けだ。** 是我輸了。

02 透過例句學習

お見事です。参りました。

您真厲害。甘拜下風。

今回ばかりは、私が負けました。

這次是我輸了。

勝てると思ったけど、私の負けだ。

我原本以為能贏的，是我輸了。

WORD

今回 這次

～ばかり（表示程度）

勝つ 贏

03 與日本人會話

なつ

もう、このくらいにしよう。
已經可以結束了吧。

これからが本番だよ！
認真的現在才開始呢！

えぇ～！もう参った。勘弁してくれよ。
咦～？我已經輸了。饒了我吧。

まったく～、しょうがないな。
真是的～真拿你沒辦法。

メッセジーを入力

WORD

これから 從現在開始

本番 正式上場、認真來

まったく 真是的

TIP

このくらいにする

直接翻譯的話是「做到這個程度」，但主要是用來表示「差不多了、可以結束了吧」的意思，表示要對現在正在做的事情做一個了結了。

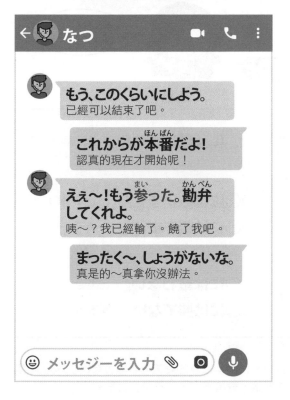

PATTERN 095

○○には敵^{かな}いません。

比不過○○。

這個句型是在稱讚他人的表達方式當中較為誇張的用法，對必須使用敬語的對象或是一般關係的對象都會使用，類似的表達方式有「勝てません」。實際使用時「○○」會填入話者覺得比不上的「對象」，更親近的關係當中則可以使用「敵わない」與「勝てない」。

真是比不過○○。

01 跟著母語者說

👔 必須使用敬語的對象	○○には敵^{かな}いません。 比不過○○。
☕ 關係一般的對象	○○には敵^{かな}いません。 比不過○○。 ○○には勝^かてません。 贏不過○○。
🎮 關係親近的對象	○○には敵^{かな}わない。 比不過○○。 ○○には勝^かてない。 贏不過○○。

Bonus　「敵^{かな}う」是表示「匹敵、對抗」之意的動詞，「敵^{かな}わない」則是其否定型表現，表示「無法匹敵、對抗不了、比不過」之意。

02 透過例句學習

人間(にんげん)の力(ちから)では、自然災害(しぜんさいがい)には敵(かな)いません。

人類的力量，敵不過大自然的災害。

彼(かれ)の実力(じつりょく)には、誰(だれ)も敵(かな)いませんよ。

那個人的實力，無論是誰都無法贏過喔。

どんなに頑張(がんば)っても、1位(い)の成績(せいせき)には勝(か)てないよ。

不管如何努力，成績都無法贏過第一名。

WORD

力(ちから) 力量
自然災害(しぜんさいがい) 天災
誰(だれ)も 無論是誰
1位(い) 第一名
成績(せいせき) 成績

TIP

どんなに ～ても

表示「無論怎麼做都～」，後面通常會搭配「不～」等否定用法、或是「無法～」等表示不可能的句型。

03 與日本人會話

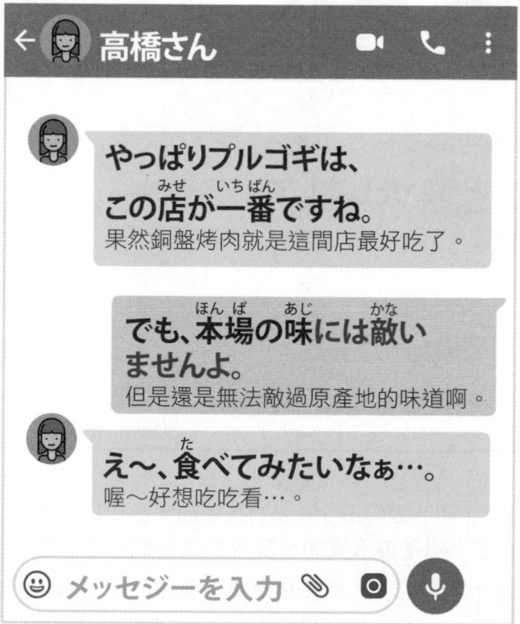

高橋さん
やっぱりプルゴギは、この店(みせ)が一番(いちばん)ですね。
果然銅盤烤肉就是這間店最好吃了。
でも、本場(ほんば)の味(あじ)には敵(かな)いませんよ。
但是還是無法敵過原產地的味道啊。
え～、食(た)べてみたいなぁ…。
喔～好想吃吃看…。
メッセジーを入力

WORD

プルゴギ 銅盤烤肉
店(みせ) 店家
本場(ほんば) 原產地
味(あじ) 味道

Track 096

PATTERN 096

どういたしまして。

哪裡的話。

這個句型是在回覆對方的致謝時會用到的表達方式，最初的原意為「我沒有為你做什麼」，是在向對方表達謙遜。不論話者和對象是什麼關係，這一句都皆經常的出現，而且沒有什麼可以替換的句型。但是對在跟關係親近的對象交談時，使用完全不同的句型如「別(べつ)に」、「別(べつ)にいいよ」會更自然。

01 跟著母語者說

必須使用敬語的對象	**どういたしまして。** 哪裡的話。
關係一般的對象	**どういたしまして。** 哪裡的話。
關係親近的對象	**別(べつ)に。** 沒什麼。 **別(べつ)にいいよ。** 沒關係、沒事。

Bonus 將這句拆開來看，「どう」是「どのように」的謙讓語，而「いたす」是「する」的謙讓語，「て」則是表示質問、反問的終助詞，三個組合起來可以直譯成「我有做什麼嗎？」，意思是自己沒有做過什麼事，所以你不用謝了。

02 透過例句學習

どういたしまして。お役(やく)に立(た)てて、嬉(うれ)しいです。
哪裡的話，很高興能幫上忙。

どういたしまして。遠慮(えんりょ)なく、いつでもどうぞ。
哪裡的話。不要客氣，無論何時都儘管開口。

いや、別(べつ)に。私(わたし)でよければまた言(い)ってね。
不，這沒什麼。我幫得上忙的話，有需要的時候無論何時都可以再跟我說。

WORD

役(やく)に立(た)つ 幫上忙
嬉(うれ)しい 高興
いつでも 無論何時
言(い)う 說、告訴

03 與日本人會話

小川さん

今日(きょう)はわざわざ私(わたし)のために、時間(じかん)作(つく)ってくれてありがとうございました。
今天特別為我安排了時間，非常謝謝。

いいえ、どういたしまして。
沒有啦，哪裡的話。

何(なに)かあったらいつでも言(い)ってくださいね。
如果有什麼事的話，隨時都請跟我說。

メッセジーを入力

WORD

わざわざ 特意
時間(じかん)(を)作(つく)る 安排時間、空出時間

TIP

～のために
意為「為了～」，前面搭配名詞使用，用來表示某人的意志或目的。

PATTERN 097

Track 097

おかげさまで。

托您的福。

這個句型用來表示感謝對方的幫助，包括實際的助力和口語上的關心與打氣。在正式或一般的場合的談話都會常常看到像「おかげさまで○○ます」、「おかげさまで○○ました」等等，把受到幫助而成功的實際事蹟一起講出來的用法。在較親近的關係當中則可以使用「おかげで」，但是這個句型有時會被用來諷刺對方，要多加留意。

01 跟著母語者說

必須使用敬語的對象	**おかげさまで。** 托您的福。 **おかげさまで○○ます。** 托您的福才能○○。
關係一般的對象	**おかげさまで○○ました。** 托您的福才能○○。
關係親近的對象	**おかげで。** 多虧你。

02 透過例句學習

おかげさまで、家族(かぞく)全員(ぜんいん)、元気(げんき)で過(す)ごしています。
托您的福，全家人都平安健康。

おかげさまで、無事(ぶじ)に終(お)えることができました。
托您的福，順利地結束了。

おかげで、いい点数(てんすう)取(と)れたよ。
多虧你，得到了很好的分數。

WORD

家族(かぞく) 家人
全員(ぜんいん) 全員、全部
元気(げんき)だ 健康
過(す)ごす 度過
無事(ぶじ)に 順利地
終(お)える 結束
点数(てんすう) 分數
取(と)れる 得到、拿下（分數）

03 與日本人會話

木村さん

久々(ひさびさ)の休暇(きゅうか)はどうでしたか。
久違的休假過得如何？

ええ、おかげさまで、すごくリフレッシュできました。
啊，托您的福，整個人都煥然一新了。

また今日(きょう)から、気(き)を引(ひ)き締(し)めて頑張(がんば)ります。
從今天開始，會再打起精神努力工作。

メッセジーを入力

WORD

久々(ひさびさ) 久違的
休暇(きゅうか) 休假
リフレッシュ 精神上煥然一新、回復精神（refresh）
引(ひ)き締(し)める 扣緊、抓緊

TIP

気(き)を引(ひ)き締(し)める

意思為繃緊、集中精神，用來表達「振作起來」的意思。

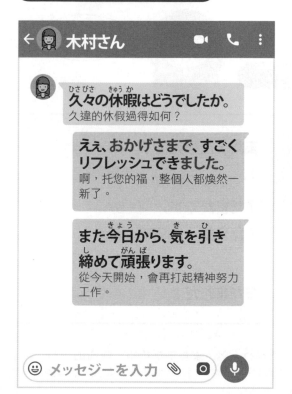

PATTERN 098

Track 098

まだまだです。

還差得遠。

這個句型是用在受到對方稱讚時，表示自己還有所不足的表達謙虛方式。「まだ」是表示「還沒」的意思，通常想要加強語氣時，會像「まだまだ」這樣反覆說兩次。不論對方是必須使用敬語的對象，還是關係一般的對象皆可使用這個句型，但是對必須使用敬語的對象使用「まだまだ未熟(みじゅく)です」會比較好。

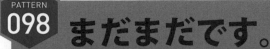

01 跟著母語者說

必須使用敬語的對象	**まだまだ未熟(みじゅく)です。** 還未成氣候。
關係一般的對象	**まだまだです。** 還差得遠。 **まだまだ○○です。** 還是○○。
關係親近的對象	**まだまだだよ。** 還差得遠。

Bonus 如果把「まだまだですね」與「まだまだだね」後面的「ね」改成「よ」就會變成在說對方還差得遠、還不夠厲害的意思，而非謙虛。這個地方也容易搞錯，請小心。

02 透過例句學習

私は、まだまだ力不足です。
我能力還差得遠。

私の実力は、まだまだですよ。
我的實力還差得遠。

私なんか、まだまだだよ。
像我這樣，還差得遠。

WORD

力不足 能力不足
実力 實力
～なんか ～這樣的、～一樣的

03 與日本人會話

高橋さん

日本語ずいぶん上手になりましたね。
日語進步很多呢。

いいえ、まだまだですけど…。
沒有啦，我還差得遠。

その調子で頑張ってくださいね。
請照著這個樣子繼續努力下去。

はい。ますますやる気が出てきました。
好，我更有幹勁了。

メッセジーを入力

WORD

ずいぶん 甚是
上手だ 擅長
ますます 更加
やる気が出る 產生幹勁

TIP

調子

主要用來表示「狀況、狀態」，除了身體狀況之外，也能用來表示某事的進行狀況，或是某人的表現。

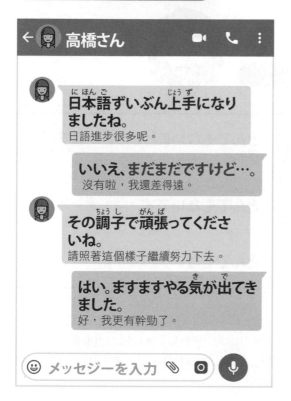

PATTERN 099

Track 099

とんでもないです。

不敢當。

這個句型有「毫無根據、預料之外」等很多種不同的涵義，但在其中最常使用的是謙虛、客氣地表示配不上對方稱讚的意思。尤其是在和必須使用敬語的對象交談的時候最為常見，更有禮貌的講法還有「とんでもないことでございます」。而對關係親近的對象只需要講「とんでもない」。

01 跟著母語者說

必須使用敬語的對象	**とんでもないことでございます。** 不敢當。
關係一般的對象	**とんでもないです。** 不敢當。
關係親近的對象	**とんでもない。** 沒那種事。

Bonus 在較為正式的表達方式當中，將「とんでもない」當中的「ない」部分替換為「ありません」或「ございません」來說的人也很多。但就文法上來說其實是錯誤的講法，所以請務必使用「とんでもないことでございます」。

02 透過例句學習

とんでもないことでございます。ご検討(けんとう)いただいて幸(さいわ)いです。

不敢當，感謝您願意考慮。

私(わたし)にこんな高価(こうか)な物(もの)なんて。とんでもないです。

給我這麼高價的物品，真是不敢當。

とんでもない。それは、誤解(ごかい)だよ。

沒那種事，那是誤會呀。

WORD

検討(けんとう)する 調查、仔細考慮好壞

高価(こうか)だ 高價

物(もの) 東西、物品

誤解(ごかい) 誤會

03 與日本人會話

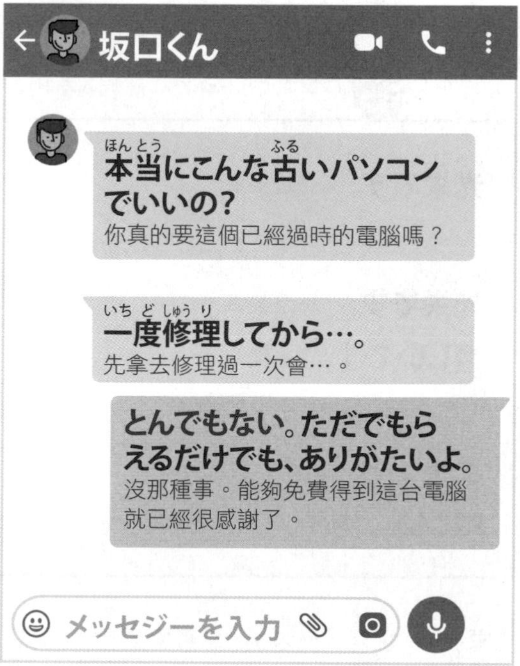

坂口くん
本当(ほんとう)にこんな古(ふる)いパソコンでいいの？
你真的要這個已經過時的電腦嗎？
一度(いちど)修理(しゅうり)してから…。
先拿去修理過一次會…。
とんでもない。ただでもらえるだけでも、ありがたいよ。
沒那種事。能夠免費得到這台電腦就已經很感謝了。
メッセジーを入力

WORD

本当(ほんとう)に 真的、當真

古(ふる)い 古老的、陳舊的

パソコン 電腦（「パーソナルコンピューター」的縮略語）

修理(しゅうり)する 修理

～てから 做完～

TIP

ただ

作為副詞使用時是「只是」的意思，但作為名詞使用時則是和「無料(むりょう)」一樣有「免費、不用錢」的意思，是常見的單字。

PATTERN 100

Track 100

光栄(こうえい)です。

真是榮幸。

這個句型是在自己受到肯定後，想要謙虛的表示自豪及感謝時的一種表達方式，也可以用於想要向對方表示敬意的時候。不論對方是必須使用敬語的對象，還是關係一般的對象皆可使用這個句型。跟親近的人講話時如果覺得這樣講太生硬的話，用「嬉(うれ)しいです」來替換也可以。

01 跟著母語者說

必須使用敬語的對象	**光栄(こうえい)です。** 真是榮幸。
關係一般的對象	**光栄(こうえい)です。** 真是榮幸。 **嬉(うれ)しいです。** 真開心。
關係親近的對象	**よかった。** 真是太好了。 **嬉(うれ)しい。** 真開心。

Bonus 榮幸的日文寫法不是「栄光(えいこう)」，而是「光栄(こうえい)」，兩者意思不同，要注意不要搞混了。

02 透過例句學習

このような機会(きかい)をいただけて、光栄(こうえい)です。
給我這樣的機會，真是榮幸。

お会(あ)いできて、嬉(うれ)しいです。
能夠見到面，真是太高興了。

友達(ともだち)になれてよかった。
能夠變成朋友，真是太好了。

WORD

機会(きかい) 機會
お会(あ)いする 相見
友達(ともだち) 朋友
〜になる 變成〜

03 與日本人會話

山本部長

こんなにすばらしい賞(しょう)をいただけて光栄(こうえい)です。
能得到這麼棒的獎，真是太榮幸了。

努力(どりょく)した成果(せいか)ですよ。
這是你努力的成果。

いいえ、皆(みな)さんのおかげだと思(おも)っています。
不不，我認為這一切都是托大家的福。

メッセジーを入力

WORD

賞(しょう) 獎
努力(どりょく)する 努力
成果(せいか) 成果
皆(みな)さん 各位、全部

TIP

〜のおかげ

意為「多虧〜」，表示受到前面名詞的幫助的意思。意思相反的表達方式是「〜のせい」，是「都是〜的錯」的意思。

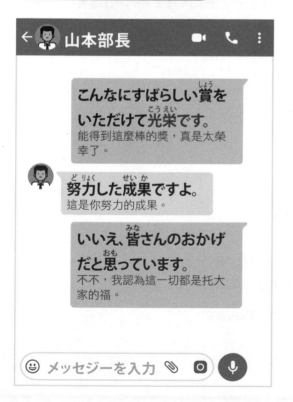

生活日本語

讓我們來熟悉一下在日本當地現實生活中經常會聽到的句子。

電視節目

1. ご覧のスポンサーの提供で、お送りいた(します/しました)。

本節目由以上贊助商贊助提供。

2. 番組の途中ですが、ニュースをお伝えします。

雖然現在正在節目中，但要為您插播一則新聞。

3. 引き続き、〇〇をお楽しみください。

請繼續觀看〇〇。

4. 放送時間を過ぎておりますが、引き続き〇〇をお送りいたします。

雖然播放的時間已經結束了，但仍會繼續為您播放〇〇。

5. 番組の内容を変更して、お送りいたします。

節目內容更正後將繼續撥放。

6. 地震速報をお伝えします。

接下來為您進行地震速報。

7. 時刻は、〇時〇分をまわりました。

現在時刻已經過了０時０分。

8. 番組からのお知らせです。

以下是本節目的公告。

9. 番組へのご意見、ご感想をお聞かせください。

對節目有任何的意見或感想，歡迎告訴我們。

10. たくさんのご応募、お待ちしております。

期待您的熱烈參與。

附錄

句型索引
（按照五十音順序排列）

嬉(うれ)しい	真開心。	100	250
嬉(うれ)しいです	真開心。	100	250
遠慮(えんりょ)いたします	不用了。	70	184
遠慮(えんりょ)させていただきます	不用了。	69	182
遠慮(えんりょ)させてもらいます	不用了。	69	182
遠慮(えんりょ)しないで	別客氣。	56	154
遠慮(えんりょ)します	不用了。	69	182
遠慮(えんりょ)するね	不用了。	69	182
遠慮(えんりょ)するよ	不用了。	69	182
遠慮(えんりょ)なく	那我就不客氣了。	55	152
遠慮(えんりょ)なく	別客氣。	56	154
大目(おおめ)に見(み)て	請多多包涵。	47	134
大目(おおめ)に見(み)てください	請多多包涵。	47	134
大目(おおめ)に見(み)てくれ	請多多包涵。	47	134
おかげさまで	托您的福。	97	244
おかげさまで○○ました	托您的福。	97	244
おかげさまで○○ます	托您的福。	97	244
おかげで	托您的福。	97	244
お構(かま)いなく	請不用費心。	58	158
お変(か)わりありませんか	別來無恙嗎?	8	48
お変(か)わりないですか	別來無恙嗎?	8	48
お気遣(きづか)いなく	請原諒我。	57	156
お気遣(きづか)いなさらないでください	請原諒我。	57	156
お気(き)になさらないでください	請原諒我。	50	140
お気(き)の毒(どく)ですね	真遺憾呢。	90	228
お気(き)の毒(どく)に存(ぞん)じます	真遺憾呢。	90	228

お気持(きも)ちだけ頂戴(ちょうだい)します	有心意就足夠了。	68	180
お気持(きも)ちだけで充分(じゅうぶん)です	有心意就足夠了。	68	180
お気持(きも)ちだけで充分(じゅうぶん)です	有心意就足夠了。	68	180
お元気(げんき)でいらっしゃいましたか	你過得好嗎？	7	46
お元気(げんき)でしたか	你過得好嗎？	7	46
お言葉(ことば)に甘(あま)えて	那我就不客氣了。	55	152
お言葉(ことば)に甘(あま)えて○○ます	那我就不客氣了。	55	152
お世話(せわ)になっています	承蒙照顧。	53	148
お世話(せわ)になっております	承蒙照顧。	53	148
恐(おそ)れ入(い)ります	不敢當。	60	162
お疲(つか)れ	午安。	2	36
お疲(つか)れ	晚安。	3	38
お疲(つか)れ	您辛苦了。	9	50
お疲(つか)れ様(さま)	您辛苦了。	9	50
お疲(つか)れ様(さま)です	您辛苦了。	9	50
お疲(つか)れ様(さま)です	您辛苦了。	9	50
お疲(つか)れさん	您辛苦了。	9	50
お疲(つか)れです	您辛苦了。	9	50
お疲(つか)れになりましたでしょう	應該很辛苦吧。	88	224
オッケー	很好呢。	61	166
おっしゃる通(とお)りでございます	如您所言。	78	202
おっしゃる通(とお)りです	原來如此。	13	60
おっしゃる通(とお)りです	如您所言。	78	202
おっす	早安。	1	34
おっす	午安。	2	36
おっす	晚安。	3	38

お手数(てすう)おかけいたします	麻煩您費心了。	25	86
お手数(てすう)おかけします	麻煩您費心了。	25	86
お願(ねが)い	麻煩了。	21	78
お願(ねが)いいたします	麻煩了。	21	78
お願(ねが)いします	麻煩了。	21	78
お願(ねが)いね	麻煩了。	21	78
おは	早安。	1	34
おはよう	早安。	1	34
おはようございます	早安。	1	34
おはようございます	你好。	4	40
お久(ひさ)しぶり	好久不見。	6	44
お久(ひさ)しぶりです	好久不見。	6	44
お見事(みごと)です	很了不起。	92	234
お許(ゆる)しください	請原諒我。	46	132
かしこまりました	知道了。	63	170
からかわないで	別作弄人了。	85	218
からかわないでください	別作弄人了。	85	218
変(か)わりない	別來無恙嗎。	8	48
変(か)わりないですか	別來無恙嗎。	8	48
感謝(かんしゃ)しています	感謝。	52	146
感謝(かんしゃ)している	感謝。	52	146
感謝(かんしゃ)申(もう)し上(あ)げます	感謝。	52	146
頑張(がんば)って	請加油。	87	222
頑張(がんば)ってください	請加油。	87	222
頑張(がんば)れ	請加油。	87	222
勘弁(かんべん)して	請原諒我。	48	136

勘弁(かんべん)してください	請原諒我。	48	136
勘弁(かんべん)してくれ	請原諒我。	48	136
感銘(かんめい)を受(う)けました	果然很厲害呢。	91	232
○○気(き)がします	我感覺是○○。	75	196
○○気(き)がする	我感覺是○○。	75	196
気遣(きづか)わないで	請原諒我。	57	156
気遣(きづか)わないで	請不用費心。	58	158
気(き)にしないで	請原諒我。	50	140
気(き)にしないでください	請原諒我。	50	140
気(き)の毒(どく)に思(おも)います	真遺憾呢。	90	228
気持(きも)ちだけで嬉(うれ)しい	有心意就足夠了。	68	180
気持(きも)ちだけで充分(じゅうぶん)	有心意就足夠了。	68	180
結構(けっこう)です	算了。（成了。）	70	184
元気(げんき)出(だ)して	請加油。	87	222
元気(げんき)だった	你過得好嗎？	7	46
元気(げんき)でしたか	你過得好嗎？	7	46
光栄(こうえい)です	真是榮幸。	100	250
光栄(こうえい)です	真是榮幸。	100	250
ご遠慮(えんりょ)なく	別客氣。	56	154
ご勘弁(かんべん)ください	請原諒我。	48	136
ご苦労様(くろうさま)	勞煩您了。	10	52
ご苦労様(くろうさま)です	勞煩您了。	10	52
ご健闘(けんとう)をお祈(いの)りしております	請加油。	87	222
ご心配(しんぱい)なく	請不用擔心。	59	160
ご心配(しんぱい)なさらないでください	請不用擔心。	59	160
ご無沙汰(ぶさた)しております	好久不見。	6	44

知(し)っています	知道。	73	192
知(し)って[い]る	知道。	73	192
失礼(しつれい)いたしました	失禮了。	44	128
失礼(しつれい)いたします	不好意思。	5	42
失礼(しつれい)しました	失禮了。	44	128
失礼(しつれい)します	不好意思。	5	42
しょうがないですね	真沒辦法呢。	49	138
しょうがないね[な]	真沒辦法呢。	49	138
承知(しょうち)いたしました	知道了。	63	170
承知(しょうち)いたしました	了解了。	64	172
しらばっくれないで	別裝了。	84	216
心配(しんぱい)しないで	請不用擔心。	59	160
すいません	不好意思。	5	42
すいません	對不起。	41	122
すげぇ	很厲害呢。	16	66
すごい	很厲害呢。	16	66
すごい	很了不起呢。	92	234
すごいですね	很厲害呢。	16	66
すごいですね	很了不起呢。	92	234
すばらしいです	太讚了。	17	68
すばらしいですね	果然很不錯呢。	15	64
すばらしいですね	很厲害呢。	16	66
すばらしいですね	很了不起呢。	92	234
すまない	對不起。	41	122
すまない	失禮了。	44	128
すまない	抱歉。	65	174

だよね	好的。	11	56
○○だろう	應該是○○吧。	77	200
○○ちゃいけない	可不可以做○○？	27	90
○○ちゃだめ	可不可以做○○？	27	90
○○ちゃだめですか	可不可以做○○？	27	90
ちょっと	有點…	66	176
○○て	請為我做○○。	22	80
○○ていただけますか	請為我做○○。	22	80
○○ていただけますか	可以為我做○○嗎？	23	82
○○てください	請為我做○○。	22	80
○○てくれますか	可以為我做○○嗎？	23	82
○○てくれる	可以為我做○○嗎？	23	82
○○でしょ	應該是○○吧。	77	200
○○でしょう	應該是○○吧。	77	200
○○でしょうね	應該是○○吧。	77	200
ですよね	是啊。	11	56
○○てはいけない	可不可以做○○？	27	90
○○てはいけないですか	可不可以做○○？	27	90
○○てはいけませんか	如果做○○的話，不可以以嗎？	27	90
○○てほしい	希望你能做○○。	37	112
○○てほしいです	希望你能做○○。	37	112
○○てもいい	○○也可以嗎？	26	88
○○てもいい	○○也可以。	29	94
○○てもいいです	○○也可以。	29	94
○○てもいいですか	○○也可以嗎？	26	88
○○ても構(かま)いません	○○也可以。	29	94

○○には敵(かな)いません	比不過○○。	95	240
○○には敵(かな)いません	比不過○○。	95	240
○○には敵(かな)わない	比不過○○。	95	240
○○はず	應該會○○。	40	118
○○はずだよ	應該會○○。	40	118
○○はずです	應該會○○。	40	118
久(ひさ)しぶり	好久不見。	6	44
久(ひさ)しぶりです	好久不見。	6	44
ふざけないで	別作弄人了。	85	218
別(べつ)に	沒什麼。	96	242
別(べつ)にいいよ	別關係、沒事。	96	242
勉強(べんきょう)になりました	讓我上了一課。	93	236
ホント	真的？	18	70
本当(ほんとう)ですか	真的嗎？	18	70
本当(ほんとう)ですか	真的嗎？	18	70
ホントっすか	真的嗎？	18	70
ホントですか	真的嗎？	18	70
参(まい)った	我輸了。	94	238
参(まい)りました	甘拜下風。	94	238
負(ま)けた	我輸了。	94	238
負(ま)けました	我輸了。	94	238
誠(まこと)にありがとうございます	真心地感謝您。	51	144
まさか	不會吧。	19	72
まさかね	難道。	19	72
マジ	真的？	18	70
マジで	真的？	18	70

只看課本或靠老師教學，怎麼學的到實用的生活日語？

圖解加上練習，聊天、交友都不再結巴！

圖解插圖＋實境照片，圖解日本人從早到晚一天的生活，輕鬆了解生活單字及用語！

如果沒辦法身處日本天天聽日語，要怎麼真正精進自己的日常用語能力？只要利用本書，透過圖解日本人的一天，就能讓你一口氣學會考試之外的實用日語！

定價：**350** 元　附MP3

史上第一本將日本生活文化及日語學習元素緊密結合的日語學習書，看著看著就學會！

生動的圖片讓你一看就有印象，自然就記住不用死背！除了個別單字圖外，還有情境式大圖，讓你像看繪本一樣清楚知道在這個場景裡頭有哪些單字和會話，深入了解日本人的日常。

定價：**380** 元　附MP3

每天只需花幾分鐘寫一句，無負擔練好日文，溝通越不再卡卡！

生活忙碌，不想花錢、花時間怎麼辦？別擔心，在家也能學好日文！不論是 FB、LINE、便條紙、筆記本，照著書裡的步驟，將你想說的話轉換成日文，慢慢累積下來就能培養自然反射出日文的「日語腦」！

定價：**350** 元　附MP3

國際學村 LA PRESS 語研學院 Language Academy Press

語言學習NO.1

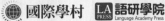

台灣廣廈國際出版集團 Taiwan Mansion International Group

國家圖書館出版品預行編目（CIP）資料

現場的日本語表現：同一場合因人而異！最恰當的日語會話 / 大鶴綾香著.
-- 初版. -- 新北市：語研學院, 2019.11
面； 公分
ISBN 978-986-97566-3-1(平裝)

1. 日語 2. 會話

803.188 108016554

LA PRESS 語研學院 Language Academy Press

現場的日本語表現

同一場合因人而異！最恰當的日語會話

作　　者／大鶴綾香
譯　　者／李聖婷・王琪
編輯中心編輯長／伍峻宏
編輯／尹紹仲
封面設計／林嘉瑜・**內頁排版**／東豪
製版・印刷・裝訂／東豪・弼聖・紘億・秉成

行企研發中心總監／陳冠蒨
媒體公關組／陳柔彣
整合行銷組／陳宜鈴
綜合業務組／何欣穎

發 行 人／江媛珍
法律顧問／第一國際法律事務所 余淑杏律師・北辰著作權事務所 蕭雄淋律師
出　　版／語研學院
發　　行／台灣廣廈有聲圖書有限公司
地址：新北市235中和區中山路二段359巷7號2樓
電話：（886）2-2225-5777・傳真：（886）2-2225-8052

代理印務・全球總經銷／知遠文化事業有限公司
地址：新北市222深坑區北深路三段155巷25號5樓
電話：（886）2-2664-8800・傳真：（886）2-2664-8801
網址：www.booknews.com.tw（博訊書網）
郵 政 劃 撥／劃撥帳號：18836722
劃撥戶名：知遠文化事業有限公司（※單次購書金額未達500元，請另付60元郵資。）

■出版日期：2019年11月
ISBN：978-986-97566-3-1

版權所有，未經同意不得重製、轉載、翻印。

진짜 일본어 표현
Copyright © 2018 by 오오츠루 아야카, 시원스쿨 일본어연구소 (Otsuru Ayaka / 大鶴綾香, SIWONSCHOOL 日本語研究所 / SIWONSCHOOL JAPANESE Laboratory)
All rights reserved.
Original Korean edition published by SJW international, LDT.
Traditional Chinese Translation Copyright © 2019 by Taiwan Mansion Publishing Co., Ltd.
This Traditional Chinese edition arranged with SJW international, LDT.
through M.J Agency, in Taipei